Sonya
ソーニャ文庫

王弟殿下のナナメな求愛

桜井さくや

JN132335

イースト・プレス

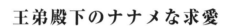

contents

序章

――リリスはいつも『彼』に振り回されてきた。

突然目の前に現れては、嫌がらせとしか思えない行為をされても我慢していた。

思えばこの関係は、出会った瞬間からはじまっていたのだろう。

八年前のあの日、『彼』がリリスの屋敷を訪ねてきたときから、すでにその兆候《ちょうこう》はあったのだ。

「リリス、この方がアモン殿下だ。ご挨拶《あいさつ》をしなさい」

「は、はい、お父さま……っ」

そのとき、リリスは十歳。

彼――アモンは十二歳だった。

アモンは国王の年の離れた弟だ。

リリスにとってはあこがれの〝王子様〟なのだが、そんな人がわざわざ一貴族の屋敷に出向くのには、それなりの理由があった。

リリスの父・ギルバートは侯爵として名の知れた人物で、王族の人たちとも交流がある。国王とも面識があり、王宮に招かれることも珍しくない。

半月前もギルバートは王宮に招かれていたが、そのときに国王の弟であるアモンにはまだ決まった結婚相手がいないと話題になったのだという。その話の流れで年齢の近いリリスの名が上がったらしく、大臣たちの薦《すす》めもあって結婚相手の候補に選ばれたというわけなのだ。

とはいえ、あくまでもリリスは『結婚相手の候補の一人』に選ばれたに過ぎない。

リリス以外にも錚々《そうそう》たる家柄の娘が候補に選ばれているようで、ギルバートはあまり期待していなかったのだろう。アモンが顔合わせのために来ることになっても、リリスには『気負わなくていいから、いつもどおりでいなさい』と笑っていた。

「はじめまして、アモンさま。リリスと申します。お目にかかれて光栄です」

リリスは緊張気味に挨拶し、アモンに会釈《えしゃく》をした。

父からは『いつもどおりでいなさい』と言われていたけれど、相手が王子様だとわかっているのに緊張せずにはいられない。

アモンは自分より二歳上らしいが、ずいぶん背が高い。

そのうえ、眉目《びもく》の整った美しい顔立ちで、意志の強そうな金色の瞳と漆黒の髪色が印象的だった。

「あ、あの？」

「……」

けれど、いくら待ってもアモンからはなんの挨拶もない。

何か気に障《さわ》ることをしてしまったのか。考えても理由は思い当たらなかったが、彼はじぃっとリリスを見ているだけだ。お供として連れてきた年配の従者が彼の背後からひそひそ声で挨拶を促《うなが》しても、微動だにしなかった。

「そうだ、おまえにいいものを見せてやろう！」

ところが、次の瞬間、アモンは急に何かを思いついた様子でそんなことを言い出した。

「え？　いいもの、ですか？」

「あぁ、いいものだ。――リリスの父上、母上。これから少し、彼女を庭に連れ出してもいいだろうか？」

「……は…、えぇ、それは構いませんが……」

「では、行くぞ。リリス、こっちだ」

「え、え…っ!?」

ここは屋敷の玄関ホールで、挨拶もまだの状態だ。

それなのに、アモンはいきなりリリスを呼び捨てにして外へ連れ出そうとしていた。

父も母も戸惑ってはいたものの、娘が気に入られたとでも思ったのか、すんなり了承してしまった。

リリスはいきなりすぎる展開に動揺していたが、アモンはそんな気持ちなどお構いなしに摑んだ手をぐいぐい引っ張っていく。

第一声からして意味がわからなかったが、その後の行動もわけがわからない。

気づけば、リリスは庭の一角に建てられた厩舎《きゅうしゃ》の前まで連れて来られていた。

——どうして厩舎に……？

なぜか一人で厩舎の前で待たされ、リリスは呆然と立ち尽くす。

アモンがなかなか戻ってこないので、厩舎の様子を窺《うかが》っていると、少しして彼が馬を連れて出てきた。

見覚えのない大きな黒馬だ。手入れの行き届いた毛並みは艶《つや》やかで美しい。

もしかすると、彼の乗ってきた馬なのかもしれなかった。

「では、はじめるか」

「……？　はじめ…る……？」

一体、何をはじめるのだろう。

アモンは首を傾げるリリスを見てにやりと笑い、ひらりと黒馬に乗ってこちらに近づいてきた。

——な、なに？　どういうこと？

リリスは驚き、慌てて後ずさる。

このまま帰るわけではないだろうが、『はじめる』がなんなのか想像もつかない。

馬との距離は五メートル以上ある。

しかし、アモンはリリスを追うようにして距離を詰めてくるから、体感ではもっと近くに感じて怖かった。

「リリス、その辺りでいい。そこで止まれ」

「……で、でも……」

「行くぞっ！」

「えっ、——きゃあぁっ!?」

その直後、アモンは手綱《たづな》を握って唐突に馬を走らせた。

リリスが悲鳴を上げるも、その勢いは止まらない。

このままではふっ飛ばされてしまう。そう思ったが、恐怖で足が竦《すく》んで動けなくなり、強く目を瞑《つむ》るのが精一杯だった。

「……、……？」

だが、それから何秒経っても衝撃はやってこない。

それにもかかわらず、辺りには蹄《ひづめ》の音が響き、馬の荒々しい呼吸音も耳に入ってくる。

何が起こっているのだろう。事態を把握するつもりで瞼《まぶた》をうっすら開けてみると、異様なまでに視界が濁《にご》っていた。

——これはなに？　土煙……？

辺り一面に舞い上がっていたのは黄色い土煙だ。

リリスは自分の顔に腕を当てて、僅《わず》かな隙間から辺りの様子を窺う。

そこで目にしたものは、馬に乗ったアモンが自分の周囲をひたすらぐるぐる回っているという光景だった。

「……っ!?」

なぜそんなことをしているのかは、もちろんわからない。

アモンは軽快に馬を走らせながら、時折こちらをチラチラと見ているようだ。

それに対して、リリスのほうは土煙が目に入りそうで、ほかのことに気をかけている余裕がない。

大きな馬が近距離を駆け回っていることにも恐怖を感じ、再び瞼をぎゅっと閉じると、それを咎《とが》める声が響き渡った。

「リリス、目を開けろ！　それでは意味がないっ」

「……そんなっ」

「いいから、俺を見ろ！」

「う…うぅ……」

「そうだ、できるじゃないか！　ははは、俺を見ていろよ！」

王子様というから、もっと優しい人を想像していたのに、なんて横暴な人だろう。

一瞬のうちに、リリスの中の王子様像がガラガラと崩れていく。

それでも、父の立場を考えると機嫌を損ねるような真似《まね》はできなかった。

まだ十歳のリリスだが、貴族の娘としての自覚はある。土煙が目に入って涙が零れそうだったが、言われたとおりにアモンの乗馬姿を必死で見つめていた。

それから、彼はリリスの周りをどれだけ走り回っていただろう。

「――さて、と。今日は、このくらいにしておくか」

さすがに何周だったかは数えられなかったが、しばらくしてアモンは満足げな様子で馬を止めた。

――やっと終わったのね……っ。

リリスは大きく胸を撫《な》で下ろしてその場にへたりこむ。

ところが、それも束の間、アモンはすぐにこちらに近づいてきた。

「リリス」

「は…、はい……っ」

アモンがすぐ傍で立ち止まったので、リリスは涙目のまま彼を見上げる。

今度はなんだろう。じっと見下ろされて、思わずびくびくしてしまう。

すると、彼はおもむろに地面に膝をついて自分の懐《ふところ》に手を突っ込み、そこからハンカチを取り出してリリスの顔を軽く拭《ぬぐ》ってみせた。

「汚れているぞ」

「……え」

「髪も酷《ひど》いな。折角の金髪が台無しだ」

「――っ!?」

予想外の言葉に、リリスは口をぱくつかせる。

愕然《がくぜん》とするというのは、きっとこういう状態を言うに違いない。

彼は何を言っているのだ。誰のせいでこうなったと思っているのか。

アモンがあんな近距離で馬を走らせたからだろう。

お陰で、リリスは顔や髪だけでなく、今日のために仕立てた新品のドレスまで汚れてしまっていた。

「……俺にこんなことをさせるとはな。世話の焼ける娘だ」

それなのに、アモンは悪びれることなく、やれやれといった様子でリリスの汚れを拭っている。

――なに、この人……。

本当に、わけがわからない。

どう考えても、嫌がらせをされているとしか思えなかった。

まさか初対面からこんな目に遭《あ》わされるとは夢にも思わず、リリスはただただ呆然とするばかりだった――。

❀ ❀ ❀

アモンとの出会いは、リリスにとって衝撃の一言だった。

王子様と聞いて、誰があんな人を想像するだろう。

勝手に期待したのも悪いが、もっと胸が躍《おど》るような出会いを想像していたから落胆も大きかったのだ。

とはいえ所詮《しょせん》、リリスは婚約者候補の一人に過ぎない。アモンが王宮に戻ってしまえば、またこれまでどおりの穏やかな生活を送れる。朗《ほが》らかな父の笑顔と優しく微笑む母の傍で、当たり前の日常を享受《きょうじゅ》していればそれでよかった。

けれど、人生には何が起こるかわからない。

歯車一つ壊れただけでさまざまなことが狂ってしまう。

当たり前のことなんて、本当は一つもないのだ。

リリスがそれを思い知ったのは、十一歳の誕生日を迎える少し前のことだ。

父ギルバートが流行りの熱病に冒《おか》され、それから僅か一週間ほどでこの世を去ってしまったのだ。

はじめは何かの間違いだと思っていた。父はすぐに戻ってくる気がしていた。

それなのに、楽しいはずの十一歳の誕生日に父の姿はなく、屋敷中探し回ってもどこにもいない。

父はもう戻ってこない。追いかけることもできないところに行ってしまったとわかり、リリスは朝まで自分の部屋で泣きじゃくっていた。

母エメルダも憔悴《しょうすい》が凄まじく、しばらくは食事も喉を通らない状態が続いたほどだ。

大事な人がいなくなったのだ。そう簡単に気持ちを切り替えることはできない。突然すぎる不幸に落ち込む日々が続くのは当然だった。

しかし、エメルダはそれから間もなく日常を取り戻した。

ギルバートの代わりに自分がこの家を守っていかなければと思い直したのだろう。夫婦の間にはリリスしか生まれず、跡継ぎとなる息子がいなかったため、一時的ながらエメルダに爵位が委譲されることになったからだ。

リリスは、前を向いていこうと気丈に振る舞う母の姿を見て、いつまでもメソメソしている自分とは大違いだと、取り残された思いでいっぱいになっていた。

ところが、気丈に振る舞っていたエメルダの様子が、あるときから変わってしまった。

それと同時に、これまでとは違う一面を覗《のぞ》かせるようになり、リリスとの関係もぎこちなくなっていった。それは、父を亡くしたばかりのリリスにとって、悪夢のような出来事だったのだ。

「――ねぇ、奥さまったら、また、また例の男を寝室に入れていたのよ」

「また？　ここのところ毎日じゃない」

「そうなのよ。部屋の掃除もおちおちできなくて困っているの。しかも、最近は隠す気もないみたいで、こっちもどんな顔をすればいいのか……。しかも、あんな若い男……。奥さまより七歳も下だって話なのよ？」

「七歳って…、二十歳じゃない！」

「そうなの、旦那さまが亡くなってまだ半年も経っていないのに……」

「……信じられない。親族の方たちだって、このハワード家を背負っていくとおっしゃる奥さまを応援してくださったばかりでしょう？　それなのに、あんな得体の知れない男を連れ込むようになるなんて……」

廊下の隅から聞こえる噂話。

ここのところ、侍女たちは毎日のように母のことを噂していた。

偶然廊下を通りかかっただけのリリスがそれを耳にしてしまうのも、残念ながらそう珍しいことではなかった。

――でも、皆が戸惑うのも当然だわ。私だってどうしたらいいか……。

リリスはため息をつき、侍女たちに気づかれないようにその場を静かに離れる。

ふと、廊下の先にあるエメルダの部屋が目に入って唇を引き結んだ。

『未亡人になった途端、奥さまは本性を現したんだわ』

『これまでは貞淑《ていしゅく》な妻を演じていただけだったのね』

『あんな若い愛人をつくるだなんて……』

侍女たちの囁《ささや》きがリリスの心を抉《えぐ》っていく。

直視したくない現実から逃げるように、リリスは庭へと向かった。

滲《にじ》んだ涙が零れそうで、息を震わせて澄み切った青空を見上げた。

本当はわかっている。逃げたところで現実は変わらない。

ほんの一か月前から、突然若い男が屋敷に出入りしはじめたのは紛れもない事実だ。

母は彼の描く絵を気に入ってパトロンになったと言っていたが、どう見てもそれだけの関係ではない。はじめは二人で談笑する様子を見かける程度だったけれど、徐々にその距離が近くなって、今では母の部屋で夜を過ごすようになっていた。

——お母さまは、お父さまを忘れてしまったの……？

まだ十一歳のリリスには男女のことはよくわからない。

それでも、母がその男に夢中になっているのはなんとなく理解している。

同時に自分を避けるようになったのが悲しくて仕方がない。

本音を言えば、その男にいなくなってほしかったが、自分のほうがいらないと言われる気がして口にすることができなかった。

「——なんだ、リリス。そんなところでぼんやりして」

「……っ」

と、そのとき、後方から唐突に声をかけられた。

覚えのある声に振り向くと、鮮やかな金色の瞳と目が合う。

出会った頃より少し伸びた身長、降り注ぐ日差しで艶めく黒髪。

「……アモンさま」

見たところ、アモンは今来たばかりのようだ。

彼は自分の馬を従者に預けて、すぐさまリリスのほうにやってきた。

「空を見ていたのか？　さては、美味《うま》そうな形の雲があったのだな」

「美味…そう…？」

「ほら、あれを見てみろ。あっちもだ。さまざまな形のパンが浮かんでいるようではないか。誰でも一度は食べてみたいと思うものだ」

「……そ、そうです…ね」

アモンはリリスの隣に立つと、空をあちこち指差している。

得意げな様子に一応相槌《あいづち》を打ったものの、頬が引きつってしまう。しかし彼はいつもこんな調子なので、この程度でいちいち驚いてはいられなかった。

――アモンさま、今日も用がないのにわざわざいらっしゃったのかしら……。

そう思いながら、リリスは若干警戒気味にアモンの横顔を盗み見た。

早いもので、アモンと出会って一年が経とうとしている。

リリスが彼の結婚相手の候補であることは、あのときと変わらない。

あくまで候補の一人に過ぎないため、当初は滅多に会うことはないと思っていたが、期待に反してアモンは頻繁にここにやってくるようになっていた。

彼の住む王宮からこのハワード邸までは、かなり距離があるという話だ。

リリスは王宮に行ったことがないので、どれほど離れているかはわからないけれど、以前侍女に聞いたときは馬を使って三日はかかると言っていた。

それほど離れていながら、わざわざ来る理由は特に思い当たらない。

彼がリリスの家に泊まったことは一度もなく、毎回嫌がらせとしか思えないことをして、満足したら帰っていく。本当に意味がわからなかった。

──お父さまが亡くなってから少しの間は、さすがに遠慮していたようだけれど……。

彼も幼い頃に両親を病で亡くしているから、心情的に多少理解できる部分があったのかもしれない。

嫌がらせがなくなった期間はほっとできたものだが、それも結局すぐに元通りになってしまった。

今日もまたリリスの周りを馬でぐるぐるしに来たのだろうか。

それとも、今日は趣向《しゅこう》を変えて違うことをするのだろうか……。アモンは馬でぐるぐるする以外にも、リリスの知らない外国語を何時間も聞かせてきたり、延々とダンスを踊り続ける様子を見せてくることがあった。

「リリス、行くぞ」

これまでのことを思い起こしていると、アモンにいきなり腕を摑まれた。

「……っ、どっ、どこにですか？」

「折角《せっかく》晴れているのだ。馬に乗らない手はない」

「いつもの……ですね……」

「そうだ。……む、ミュラーのやつ、もう厩舎に行ってしまったか。年寄りのくせになんと素早い。リリス、こっちだ。厩舎に向かうぞ」

「あ…っ!?」

アモンは後ろを振り向き、ぶつぶつ言いながら歩き出す。

ミュラーとは彼の従者の名だ。物腰の柔らかな紳士で主人の命令に忠実な人なので、アモンが預けた馬はすぐに厩舎へ移動させたのだろう。

しかし、それがわかったところで、リリスはアモンと同じようには進めない。

自分たちは一年前より身長差がついたから、そのぶんだけ歩幅も違う。急に引っ張られて足がもつれそうになり、なんとか転ばないようにするのに必死だった。

「――おっと、危ない」

「……え、あっ」

ところが、そこで突然誰かが手を差し出してきた。

よろめいた瞬間だったから、リリスはその手に身を預ける形になってしまう。

大きな手に支えられ、ほっと息をついたのも束の間、リリスはすぐにハッと我に返る。

ぱっと顔を上げると、思わぬ相手と目が合った。そこにいたのは、『母の愛人』として噂になっている例の男だったのだ。

「大丈夫かい？　転びそうだったから、つい手を出してしまったよ」

「あ…、あの……」

「怪我がなくてよかったね」

「……は、はい……」

男はにっこり微笑み、リリスから手を放す。

リリスは戸惑い気味に頷《うなず》くが、それ以上の言葉が出てこない。

これまでも顔を見かけると笑顔を向けられたが、どう反応していいのかわからなかったから、まともに話したことは一度もなかった。

「なんだ、おまえは」

「あ、これは申し遅れました。私はパトリックといいます。少し前からこちらの屋敷にお世話になっています」

「パトリック……？」

「はい、絵描きをしています。よければ、今度一階にあるアトリエに遊びにいらしてください」

「は？　アトリエだと？」

「ええ、あまり使用していないからと、エメルダ夫人のご厚意で客間を二つ繋げてアトリエにしていただいたのです」

「……そうか、おまえが噂の……」

いきなり登場した男の存在に、アモンは一気に不機嫌顔になる。

その男――パトリックが屋敷に出入りするようになって一か月ほどだが、アモンはその間に一度だけここに来ていた。そのときはパトリックと顔を合わせることなく帰ったものの、誰かから話だけは聞いていたのだろう。会話の途中で、相手が誰か気づいたようだった。

けれど、パトリックはアモンに睨《にら》まれてもたじろぎもしない。

もう一度リリスに目を向けると、またすぐにアモンに視線を戻して苦笑いを浮かべた。

「差し出がましいようですが、一つよろしいでしょうか？」

「なんだ」

「お二人はずいぶん身長差がありますね。そうなると歩幅も違うでしょうし、先ほどのように殿下に大股で歩かれては女性がついていくのは大変かと思います。どうか、もっと彼女に優しくしてあげてください」

「……っ!?」

「では、私はここで。失礼します」

パトリックはそこまで言うと、胸に手を当てて一歩下がる。

そのまま素早く踵を返し、まっすぐ屋敷のほうに戻っていった。

母の愛人に助け舟を出されるとは思わず、リリスはぽかんとしてしまう。

——思ったより、いい人なのかも……。

しかも、相手はアモンだ。彼が王族だというのは知っている様子だったのに、わざわざ注意したことが驚きだった。

「……なんだ、あの男は……」

「アモンさま？　あ、あの…、お気を悪くなさらないでください。私、多少歩幅が違っても、なんとかついて…——」

「行くぞ、リリス！」

「あっ!?　まっ、待ってください……っ」

「歩幅くらいなんだ。そんなことを言われずとも、俺だって合わせられるぞ！　どうだ、リリス。ちゃんと合ってるだろう？」

「……ッ、は……、はい……っ」

彼ほどの立場になると、初対面の相手にいきなり注意されるなんて滅多にないことだろう。

相手がエメルダの愛人と噂されていた男だったために、侮《あなど》っていたところもあったのかもしれない。苛立った様子で強く引っ張られそうになったが、すぐに歩調を緩めてリリスに確認してくる。悔しげにしながらも、アモンは一応パトリックの話を聞き入れているようだった。

それから間もなく、二人は厩舎にたどり着いた。

アモンは珍しくリリスも建物の中まで連れて行き、自分の馬がいる馬房へと向かう。

彼の馬は二つ目の馬房で休んでいたが、従者の姿はどこにもない。

リリスが辺りを見回していると、アモンは自分の馬を連れて戻ってきた。

「リリス、今日はおまえも馬に乗れ」

「えッ!?」

「大丈夫だ、俺も一緒に乗る」

「そっ、え…っ、あのでも……っ」

「何をぐずっている。手伝ってやるから早く乗れ」

「そんな、あっ、アモンさま……っ」

戸惑うリリスを、アモンは構わず馬の傍へと引っ張っていく。

相変わらず、なんて強引さだ。そのままぐいぐい押し上げられて、リリスはほとんど無理やり馬の背に乗せられてしまった。

「では、出発するぞ」

「……出発……?」

「たまには屋敷の外に連れ出してやる。行くぞっ」

「……っ」

アモンはあまり機嫌がよさそうではなかった。

リリスの後ろに乗ると、手綱を軽く握ってむすっとした表情で前を向く。

後ろから抱える彼の手がお腹に食い込んで少し痛い。

しかし、痛みを訴える前に、馬は厩舎を出て軽快に正門を通り過ぎていく。

ハワード家の屋敷は林に囲まれていて、しばらく進むと敷地を抜けて閑静《かんせい》な町並みが見えてくる。

リリスは馬車しか使ったことがないから、いつもはこんなふうに直接風が身体に当たることがない。乗馬に慣れていれば景色を楽しめたのかもしれないが、何もかもはじめてのリリスにはすべてが恐怖でしかなかった。

「ははっ、どうだリリス、速いだろう！」

「……ひ…っ」

「もっと速く走れるぞ！　この馬は王国内で五本の指に入るほど速いのだ！」

「ま…っ、……ッ」

もっと速くしてほしいなんて誰も言っていない。

それなのに、アモンは得意げに速度を上げてしまう。

いつの間にか、彼の機嫌はすっかりよくなっていたが、リリスのほうはそれどころではない。蒼白になってガチガチに身体を固くし、声を上げることすらままならない状態になっていた。

——もうイヤ……。どうしてこんな目にばかり遭わなければならないの？

これなら、いつものようにリリスの周囲をぐるぐる回られるほうがよかった。

土煙で身体も服も汚れてしまっても、そのほうがマシだった。

もしかすると、アモンはパトリックに注意されたことをまだ根に持っているのだろうか。

機嫌がよくなったと見せかけて、リリスにその苛立ちをぶつけようとしているとしか思えなかった。

これまで体験したことがないほどの速さで景色が流れていく。

リリスは声にならない悲鳴を上げながら、全身を震わせる。

恐怖で歯がカチカチと鳴り、目の前が涙で滲んでいた。

精神的にも追い詰められて、呼吸まで浅くなっていく。

もう嫌だ。ここから逃げたい。

助けて。誰か助けて……。心の中でそう叫んだ次の瞬間、リリスの視界はなぜか斜めに歪《ゆが》んでいた。

「……ぁ……」

一体、何が起こったのだろう。

頭の中が真っ白で何もわからなかった。

リリスの身体はアモンに後ろから抱えられていたはずなのに、一瞬のうちに馬上から滑り落ちていた――。

「――…ス…、リリス……」

その後のことは、ほとんど覚えていない。

強い衝撃と痛みに襲われ、朦朧《もうろう》とした意識の中で目にしたものだけはやけに鮮明に残っていた。

「……う……」

大きくぶれる視界。

むき出しの歯茎《はぐき》、三日月状に弧を描く唇。

「リ・リ・ス――」

「――ッ!?」

間近に迫る凶悪な笑み。

それは、心底愉しげに嘲笑《あざわら》うアモンの顔だった。

「……っ……、う…ぁ……」

リリスは恐怖におののき、か細く喘《あえ》ぐ。

どうして彼はこんなに嬉しそうにしているのだろう。まさか、こうなるように彼が仕向けたのではないだろうか。

小さな疑問がみるみる確信に変わっていく。

そうでなければ、痛みに呻《うめ》くリリスを見て、こんなふうに喜べるはずがなかった。

——私、アモンさまに馬から落とされたんだ……。

そこまで嫌われていたというの……？

それで会うたびに嫌がらせをしてきたの？

嫌がる姿を見るのは、そんなに愉しかった？

リリスは唇を震わせて眼前のアモンを見つめた。

彼は悪魔だ。王子様なんかじゃない。

心の中で叫ぶと同時にリリスの意識はそこでぷつりと途切れて、あとは何もわからなくなった。

それから、どうやって屋敷に戻ってきたのかは定かではない。

次にリリスが目覚めたときはベッドの中で、そこにアモンの姿はなく、心底ホッとしたのを覚えている。

不幸中の幸いというべきか、怪我が全身の軽い打撲と擦り傷だけで済んだのは幸運だったのだろう。あとで誰かが言っていたが、リリスの服には草や葉がたくさんついていたらしく、草が茂《しげ》っていたところに落下したのだろうということだった。

だが、これでもうアモンが来ないという保証はどこにもないのだ。

リリスはしばらく安静にして過ごしていたが、あのときのアモンの笑顔が脳裏に焼き付いてなかなか離れなかった。母にはすべてを話したかったけれど、会いに来てくれるときはいつもパトリックと一緒だったから相談もできなかった。

もしかしたら、パトリックは悪い人ではないのかもしれない。

アモンから助けてくれたときにそう思ったが、やはりどうしても受け入れがたい気持ちが拭えず、リリスは一人で不安を抱え込むしかなかった。

――アモンさま、どうかもう二度と来ないでください……。

毎日、どれほど願ったかわからない。

しかしそれからしばらくして、アモンは何事もなかったかのように再び姿を現し、それからもたびたびリリスのもとへやってくるようになった。

多少は満足したのか、あれ以来馬に乗せられることは一度もなかったが、リリスの周囲を馬でぐるぐる回るなどの嫌がらせはその後も続けられた。

あんなことをしておいて、彼はなぜ平然としていられるのだろう。

王族は、こんな人ばかりなのだろうか。

いつまでこれが続くのだろう。

飽きるまで？　そうすれば、そこで終わる？

それなら、早く飽きてくれればいいのに……。

アモンに振り回されながら、リリスは心の中でいつもそんなふうに思っていた。

ただ一つ、彼が来ると家のことを考えている場合ではなくなるから、そこだけは多少救われていたのかもしれない。だからといって、苦手な相手との将来なんて、とてもではないが夢に描けるわけがなかった。

第一章

――七年後。

部屋の窓から降り注ぐ日差しが温かい。

ついこの間まで外には真っ白な雪景色が広がっていたのに、今は草木が芽吹いてすっかり春めいていた。

「なんだか、眠くなってしまう……」

リリスは自分の部屋の窓辺から裏庭を眺めていたが、小さな欠伸《あくび》をして窓枠に寄りかかった。

春眠暁《しゅんみんあかつき》を覚えず、というわけではなく、ここしばらく眠りが浅いのだ。

心ゆくまで眠りたい気持ちがあっても、『とある理由』で警戒心が強くなっているせいですぐに目が覚めてしまう。

なんとかしたくても、自分にはどうにもできない。

その『とある理由』は、十八歳になったばかりのリリスにとって一番の悩みにもなっていた。

――コン、コン。

「……ッ」

うつらうつらしていると、唐突に扉をノックする音が響く。

リリスは肩をビクつかせてハッと顔を上げた。

――もしかして……。

警戒気味に扉のほうを向き、自分の胸をぎゅっと手で押さえる。

「……はい」

迷いながら小声で返事をすると同時に扉が開く。

顔を覗かせたのは、くすんだ金髪に灰色の瞳の男だった。

「やぁ、リリス」

「……おじ…さま」

「今日は朝食のときしか顔を見ていなかったからね。どうしたのかと思って様子を見に来たんだよ」

「そうですか……」

「入ってもいいかい？」

「……え」

「だめなのかい？」

「い、いえ……」

「なら入るよ」

にこやかな笑みを浮かべ、男はやや強引に部屋に足を踏み入れた。

男の名はパトリック。七年前、リリスの父が亡くなって半年も経たない頃、突然屋敷に出入りしはじめたあの男だ。

当初は母エメルダに愛人ができたとずいぶん噂になったものだが、今ではそれも噂ではなくなっている。エメルダとの噂が囁かれて二か月が経つ頃には、パトリックはハワード家の一員のような顔をしてこの屋敷で過ごすまでになっていた。

――それだけならまだよかったのに……。

密かに唇を噛み締めていると、パトリックはすぐ傍で立ち止まった。

彼はそのまま僅かに身を屈めて、じっと顔を覗き込んでくる。

「……っ!?」

息がかかるほどの距離に驚き、リリスは慌てて後ろに下がろうとした。

けれど、すぐに壁が背中に当たって行き場を失ってしまう。リリスは緊張の糸を心に張り巡らせながら、さり気ない素振りを装って今度は横に移動しようとするが、すかさず腕を掴まれてしまった。

「……あっ」

「なぜ逃げるんだい？　僕たちは家族だろう？」

「あ…、あの…、私……」

「リリス、何を戸惑うことがあるんだ。家族なんだから、これくらい普通のことさ。僕は君を自分の娘のように思っているんだよ」

「……ッ、おじ…さま……っ」

パトリックはリリスを壁に押し付け、耳元で甘く囁く。

鳥肌が立つのを感じたが、腕を掴まれていて逃げられない。

リリスは首を横に振り、空いているほうの手でパトリックの胸を押し返す。

しかし、びくともしないどころか、腰に腕を回されてパトリックのほうへと引き寄せられる。リリスは首を横に振り続けたが、抵抗虚しくその胸に閉じ込められていた。

「おじさま、やめて……。やめてください……っ」

「どうしてそんな酷いことを言うんだい？」

「だってこんな……。話すだけなら、こんなふうにしなくてもいいでしょう？」

「僕はもっとリリスと仲良くなりたいんだよ。いつまで経っても他人行儀なのは、スキンシップが足りないからだろう？」

「そんなつもりは……」

「かわいいリリス、もっと僕に心を開いておくれ」

「……や……っ」

パトリックは耳元で囁きながら、リリスの身体を弄《いじ》り出す。

腰から背中、さらにはお尻の近くを撫で回し、自分の身体を密着させてくる。

リリスが嫌がっても、彼はまったくやめようとしない。スキンシップだと言い張るには明らかに度を越えた行為だった。

だが、これは今にはじまったことではないのだ。

パトリックがここに来た頃はいい人そうに思えたときもあったが、二年ほど前からリリスを見る目つきが段々といやらしいものへと変わっていった。はじめは、部屋にやってきては至近距離で会話をしていくことに違和感を覚える程度だったけれど、それが徐々にエスカレートして、最近では身体に触れるまでになっていた。

しかも、パトリックはいつも突然部屋にやってくる。

そのほとんどが昼間の時間帯だったが、つい一週間前、彼はリリスが寝衣に着替えて部屋に誰もいなくなった頃にやってきたのだ。

そのときはすぐに出ていってくれたものの、次は寝ている時間に来るかもしれない。

このところリリスが寝不足に陥《おちい》っているのは、彼のせいで安心して眠れなくなったからだ。

本当なら、このことを誰かに相談すべきなのだろう。

けれど、言えばきっと母にも知られてしまう。

こんな人でも母が愛している人だから、知れば悲しむだろうと思うと、どうしても口に出すことができなかった。

――コン、コン。

そのとき、また扉をノックする音がした。

「はい……っ！」

リリスはパッと顔を上げて、わざと大きな声で返事をする。なんとかしてこの状況から逃れようと思ってのことだった。

すると、やや間をおいて、扉の向こうから幼い子供の声が返ってきた。

「……あの、僕です。ニックです……。その……、母上が絵本を買ってくれたから、姉上に読んでほしくて……」

なんて絶妙なタイミングだ。窮地《きゅうち》に差し伸べられた救いの手に、リリスは一も二もなく頷いた。

「ええ、もちろんよ。この前、約束したものね。今度一緒に本を読みましょうって」

「よかった……。じゃあ、お部屋に入っていいですか？」

「ど、どう…ぞ」

言いながら、リリスはパトリックを見上げる。

この状態を人に見られて困るのは自分だけではないはずだ。

扉が微かに開いたところで、パトリックはため息をついてリリスから離れていく。こうなっては、さすがの彼も諦《あきら》めざるを得ないようだった。

「……父…上？」

少しして、幼い少年が扉から顔を覗かせる。

不思議そうに首を傾げる姿に、パトリックはにっこり笑ってみせた。

「やぁ、ニック。元気そうだね」

「は、はい」

「このところ、リリスの元気がなさそうだったから、気になって様子を見に来ていたんだよ。だけど、ニックが来てくれてよかった。僕ではなかなか心を開いてくれなくてね。あとはおまえに任せてもいいかい？」

「……えっ、はい、わかりました」

「それでは、僕はこれで。じゃあね、リリス」

「は…、は…い……」

パトリックは一方的に説明すると、リリスにも笑顔を向ける。

咄嗟《とっさ》であるにもかかわらず、よくもこんなに口が回るものだ。

平然と嘘を言ってのける様子に眉をひそめたくなったが、今は話を合わせるしかない。

リリスがぎこちなく頷くと、パトリックは肩を竦めてひらひらと手を振りながら部屋を出ていく。『残念だ』と言わんばかりの表情に思わず顔が引きつってしまう。秘密を共有させられたようで、内心悔しくてならなかった。

「あの、姉上……？」

「……え、あっ、なんでもないわ。ニック、どうぞ入って」

「でも……」

「おじさまの話なら気にしないで。私、別になんともないのよ。いつもどおり元気なのに、勘違いしたみたい」

「そう…なんですか？」

「ええ、だから大丈夫よ。その手に持っているのが新しい絵本ね？　早速、一緒に読みましょう」

「……はいっ！」

その少年――ニックは、リリスを気遣ってなかなか部屋に入ろうとしなかったが、優しく手招きすると嬉しそうに近づいてくる。

パトリックに似たくすんだ金髪。

エメルダに似た鮮やかな碧眼。

今から五年前、パトリックと母の間に子供ができた。それがニックだった。

はじめはものすごくショックだった。まさか自分に父親違いの弟ができるなんて思わなかったから、母に裏切られたようで悲しかったのだ。

けれど、一緒に暮らしていくうちに、少しずつ情を抱くようになった。

幼い弟は自分に懐《なつ》いて、とてもかわいい。純粋な気持ちで慕ってくれている。父が亡くなって、ずっと心細かったリリスに居場所を与えてくれた存在でもあった。

ニックのことは好きだ。

母のことも……、好きだ。昔のように笑いかけてくれることはなくなったけれど、それでも母を慕う気持ちは変わっていない。

だが、パトリックは違う。

彼は事あるごとにリリスを『娘のように思っている』と言うが、そんな言葉は到底信じられない。

パトリックは、今でも母の『愛人』だ。

リリスにとって、父親でも家族でもなかった。

親族たちも彼の存在は知っているものの、ハワード家の一員とは認めていない。

エメルダとの関係が夫の死後間もなくはじまったことから、二人を咎める声が今も根強いのだ。一時的に侯爵の地位がエメルダに委譲されたのも、ゆくゆくは一族の男と再婚させて爵位を継がせるためだったので裏切り行為と取られても仕方なかった。

そのせいで、現状ではニックは跡継ぎとして認められていない。

親族の中には王族と結婚した者もいる。彼らの声を無視することは難しく、跡継ぎ問題はエメルダの悩みの種になっているようだった。

——このままニックが跡継ぎとして認められなければ、いずれは私が家を継ぐことになるのかしら……。

この国では数少ないながらも女性が継いだ事例もある。

だから可能性がないわけではないだろうが、それはそれで不安しかない。

エメルダ自身はニックに跡を継いでほしいようだし、そんな中でリリスが跡を継ぐことになっても万事解決とはならないだろう。

ならば、どうすればいいのか、何が正解なのか……。

決定権のない自分が悩んでも仕方がないが、無関係という立場でもない。

いつかは解決しなければならない問題だと思うと、やはりどうしても考えてしまうのだった。

❀　❀　❀

――ところが、それから程なくして、ハワード家に大きな転機が訪れた。

その日は、特に来客の予定はなかったが、突然一人の男がやってきたのだ。

「本日は、リリスさまにお届けものがあって参りました。こちらの手紙は、アモン殿下から預かったものです」

男はアモンの遣いで来たようで、おもむろにリリスに手紙を差し出す。

リリスは不思議に思いながら、遣いの者から手紙を受け取った。

これまでアモン本人が来ないということは一度もなかったから手紙というのは珍しい。

しかし、その場で手紙を広げて内容を目にした途端、リリスの頭の中は真っ白になってしまった。

「……こ、これは……」

まさか、そんなわけがない。

きっと新手の嫌がらせだろう。

息を震わせて顔を上げると、アモンの遣いの者が神妙に頷く。

頬を引きつらせたリリスにとどめを刺すように、遣いの者は手紙と同じ内容を口頭でも伝えてきた。

「このたび、アモンさまの結婚相手に、リリスさまが選ばれました」

「……ッ」

嘘だ。そんなことはあり得ない。

心の中で叫ぶリリスだったが、この場にいるのは自分だけではない。

遣いの者が家族にも集まってほしいと言うので、エメルダやパトリック、ニックも居間に来ていた。

「まぁ、なんてことでしょう。アモンさまがリリスを選んでくださったなんて……っ！」

「お母さま、でも……」

「リリス、これ以上ない話だわ。すぐにお受けしなさい」

「……えっ」

驚きから一転、エメルダは歓喜し、声を震わせている。

このところ、体調が悪そうだったのに、嬉しそうにリリスの手を取るその表情はとても明るい。

けれど、リリスには戸惑いしかなかった。

いきなりアモンの結婚相手に選ばれたと言われても、心の準備なんてまったくしていなかったのだ。

――結婚相手の候補なのはわかっていたけれど……。

リリス自身はあくまで候補の一人に過ぎないと思っていた。

父が亡くなって、跡継ぎをどうするかも宙ぶらりんな家の娘など、候補の中でも最後尾に決まっている。アモンには相変わらず嫌がらせじみたことをされていたし、好意を抱かれていると感じたこともない。

いずれ飽きるだろう。そんな日がいつか来るはずだ。

そう思いながら、気づけば八年という年月が経っていた。

「リリス、この家のことなら気にしなくていいのよ。ニックを跡継ぎとして認めてもらえるように、もう一度親戚の皆を説得してみるわ」

「え……」

「そうよね。あなたに負担はかけられないもの。やれることをすべてやったわけでもないのに体調まで崩して情けないったら……。リリス、いろいろ心配してくれていたのでしょう？　不甲斐《ふがい》ない母親でごめんなさい」

「お…母さま…、気づいて……」

「もちろんよ。――ねぇ、パトリック、あなたも喜んでくれるでしょう？　これほど素晴らしい話は滅多にないことよ」

エメルダは涙ぐみ、すぐ傍にいたパトリックに同意を求めた。

彼は呆気《あっけ》にとられた様子でぽかんとしていたが、突然話を振られてぎこちなく身じろぎをする。しかし、周りの視線が自分に向いていると気づいたのか、何度も頷いてリリスに笑いかけた。

「そ…、そうだね。うん、すごくいい話だ。僕もそう思うよ。リリス、おめでとう！」

「……っ」

予想外の展開に、リリスは何も言えなくなってしまう。

エメルダがニックを跡継ぎにしたがっているのは気づいていたが、本人の口から直接聞いたのははじめてだ。

このところ、体調が悪そうだったのも、親戚に反対されて胸を痛めていたからだったのか。リリスに負担をかけたくないという気持ちを知れたのは嬉しいけれど、同時に自分の居場所を取り上げられたような喪失感に駆られた。

エメルダとパトリック、その横にはニックが当たり前のようにちょこんと座っている。

彼らは血が繋がった家族だ。

自分は違う。決して、あの中には入れない。

「……わかり…ました。お受けいたします」

強烈な疎外感の中、リリスは項垂《うなだ》れ気味に頷く。

どうして自分が選ばれたのかはわからなかったが、話を受けろと言われればそうするしかない。アモンは今では公爵として広大な自治区を任されている。はじめから、リリスに選択権などありはしなかった。

「リリス、幸せになるのよ」

「はい……」

母の微笑みが胸に痛い。

頬をそっと撫でられ、指で優しく髪を梳《と》かれるうちに目の前が涙で滲んでいく。

こんなふうに触れられるのは何年ぶりだろう。

母を狡《ずる》いと思う一方で、愛しさが込み上げてしまう。

狡くてもいい。笑っているほうがいい。

たった一人の母親だ。大事な人なのだ。幸せでいてほしいと願うのに、それ以上の理由なんて必要なかった。

——おじさまだって、私がいなくなれば変な気を起こすこともなくなるはずよ……。

パトリックに目を移すと、彼は先ほどと同じように曖昧《あいまい》な笑みを浮かべていた。

エメルダと一緒にいるときの彼はとても従順だ。どんな話にも笑顔で頷き、常にいい夫を演じている。リリスをいやらしい目で見ているときとは大違いだった。

きっと、他人の自分がいたからいけなかったのだろう。

ここを出れば、パトリックへの不安を感じる必要もなくなる。

誰かに言いたくても言えないもどかしさに、もう一人で悩まなくてよくなるのだ。

正直に言って、アモンのもとへ嫁ぐことには不安しかなかったが、そうでも思わないと前に進めそうになかった。

――せめて、もう少しだけこのままで……。

リリスは母に撫でられながら静かに目を閉じる。

そうするとエメルダを独り占めできたようで胸がいっぱいになったが、これが最後だろうと思うと、やはり寂しくて仕方なかった。

第二章

旅立ちの日は、皮肉なほどに空が晴れ渡っていた。

エメルダにパトリック、それからニック、たくさんの使用人に見送られての別れだった。

リリスが生まれ育った屋敷をあとにしたのは、アモンの遣いが訪れた日から僅か半月後のことだ。

その日のことを思い返すたびに、切なさで胸が締めつけられる。

エメルダは目を潤《うる》ませ、最後までリリスの手を握ってくれていた。

ニックは涙で顔をいっぱいにして、『姉上、アモンさまとお幸せに……っ』としゃくり上げながら送り出してくれた。リリスはなんとも言えない気持ちになったが、ニックは自分とは違ってアモンに苦手意識を持っていない。どうやらアモンは来るたびにニックを撫でてくれるらしく、純粋な弟が好意を持つにはそれだけで十分だったようだ。

そして、二人から少し距離を置いて、パトリックも静かに見送ってくれていた。

この半月は何もしてこなかったので、さすがの彼も国王の弟に嫁ぐ相手に手は出せなかったのだろう。今でも母の隣に父以外の男性がいることに複雑な思いがあるが、リリスにはもう見守ることとさえできない。母を悲しませるような真似だけはしないでほしいと願うばかりだった。

皆に囲まれる中、リリスは後ろ髪を引かれる思いで馬車に乗り込んだ。

程なくして馬車が動き出し、自分の生まれた屋敷が小さく遠くなっていく様子にしばらく涙が止まらなかった。

その後は、二日かけての旅路だった。

気を張っていたのは馬車に乗って数時間程度だったように思う。

アモンの統治する公爵領に入り、リリスの馬車が彼の屋敷についた頃には食事も喉を通らないほどぐったりしてしまっていた。

——まさか、アモンさまの屋敷までこんなに遠かったなんて……。

片道だけで二日、往復で四日の道のりにリリスは愕然とした。

これほどの距離がありながら、アモンは最低でも月に一度はリリスのもとにやってきていたのだ。

それほど暇《ひま》を持て余していたのだろうか。

出会ったころから公爵になるまでずっとそうだったのだから、よほど時間がなければできないはずだ。

ふと、周りの人たちに仕事を押し付けるアモンの姿が頭に浮かび、想像とはいえ妙に納得してしまう。同時に、その有り余った時間でこれから自分の身に待ち受けることを思うと、さらに疲れが押し寄せてきそうになった。

しかし、長旅で疲れ切っていようと、リリスに休む暇はなかった。

アモンの屋敷についた翌朝には、近くの大聖堂で彼との結婚式が執り行われたからだ。

そこには母も駆けつけてくれていたが、ほとんど話もできずに結婚式が終わるとすぐに帰ってしまったようだ。パトリックとは夫婦と認められていないため、たった一人での出席では居心地が悪かったのかもしれない。リリスとしては挨拶だけでもしたかったが、帰ってしまったあとではどうしようもなかった。


「……それにしても、なんて静かなのかしら」

燭台《しょくだい》の火が灯るだけの薄暗い部屋で、リリスはぽつんと呟いた。

窓の外は真っ暗で、月明かりが微かに届くだけだ。

辺りをぐるりと見回してみても、暗くてよく見えない。

この部屋に通されたとき、侍女は『お二人の寝室です』と言っていた。

リリスがびくびくしながら部屋に入ると、そこにはまだ誰もおらず、中央に大きなベッドが置かれていることだけがなんとなくわかった。だから、なるべくベッドに近づきたくなくて、侍女がいなくなったあとは部屋の隅っこに椅子を持ってきて、息を殺してじっと座っていたのだ。

――だって、アモンさまがいつ来るかわからないんだもの……。

リリスは自分の胸を押さえて深呼吸を繰り返す。

猛獣《もうじゅう》の檻《おり》に放り込まれた小動物はこんな気分なのかもしれない。

日中は慌ただしかったから気が紛れたが、夜になって屋敷中が静かになると一気に現実が襲いかかってくる。

彼は何を企んでいるのだろう。

まさか、今の状況も嫌がらせの一環なのだろうか。

それにしては手が込みすぎでは……？

結婚式の間、ずっとアモンの視線を感じていた。

目が合うたびにニヤリと意味深な笑みを向けられ、何度背筋に悪寒が走ったかわからない。

――カチャ……。

「……ッ！」

あれこれ思い返していると、不意に部屋の扉が開く。

リリスは肩をびくつかせ、壁に身を寄せて扉のほうに目を向けた。

燭台の灯りはそこまでは届いておらず、代わりにほのかな月明かりが人影を映し出している。人影はしばし時間が止まったように微動だにしなかったが、ややあってテーブルへと進み、そこに置かれていた燭台を手に取った。

すると、燭台に灯った火で人影の正体がぼんやりと映し出され、リリスはますます身を固くする。

それが誰かなんて、今さら考えるまでもない。

やがて、人影は部屋の様子を確かめるようにぐるりと左右を見回し、途中でぴたりと動きを止めた。

「……そこか」

少しして、低音の呟きがリリスの耳に届く。

はっきり見えるわけでもないのに、ニヤリと笑ったのがわかってしまう。

徐々に近づく足音に心臓が激しく打ち鳴らされ、一気に追い詰められていく。

壁に身体を押し付けることで気配を消せやしないだろうかと、リリスはそんな馬鹿なことを本気で考えていた。

「リリス、そんなところで何をしてるんだ？」

「ぴゃあっ⁉」

その直後、ぬっと顔が間近に迫って、リリスは素《す》っ頓狂《とんきょう》な悲鳴を上げる。

――ここには灯りが届いてないはずなのに……っ。

ガチガチに身を強張《こわば》らせていると、目の前の端正な顔が邪悪にほくそ笑む。それは心底愉しんでいるときのアモンの表情だった。

「ククッ、なんて声だ。それで隠れたつもりか？」

「ア…、アモン…さま……っ」

「残念だったな、俺を驚かそうとしても無駄だ。どこに隠れても俺にはわかるぞ。おまえの匂いでな」

「にっ、にお…い……⁉」

リリスは目を丸くして、口をぱくつかせる。

予想外の言葉に、グサグサと胸を抉《えぐ》られたようだった。

これでも初夜だからと全身を清めてきたのだ。

それなのに、どこにいるか気づかれてしまうほど臭《くさ》いなんてと、リリスは涙目になって自分の腕や肩を嗅《か》いでみる。しかしよくわからない。首を傾げながら、今度は手のひらに鼻先を押し付けて嗅いでいると、アモンはその様子をまた喉の奥で笑って、リリスの手首を掴んできた。

「もう少し緊張しているかと思ったが、ずいぶん余裕があるようだ」

「え…ッ、よ、余裕なんてそんな……っ」

「ならば話が早い。リリス、はじめるぞ」

「あっ」

彼はそう言ってリリスの手をぐいっと引っ張った。

できればここを動きたくなかったが、あまりの強引さに口を挟む余地もない。

よろめきながら立ち上がると、アモンはベッドのほうに歩き出す。

リリスの心臓は先ほど以上に拍動し、一歩進むごとに呼吸が苦しくなっていた。

――はじめるって…、もうはじめるの……？

いくらなんでも早すぎる。

そんなふうに勝手に話を進めないでほしい。

言いたいことは山ほどあるのに、どうしていつも言葉にならないのだろう。

そうこうしているうちにベッドが間近に迫り、アモンは燭台を床に置いて天蓋《てんがい》の布をすっと横に引く。

蝋燭《ろうそく》の灯りでおぼろげに寝具が見えて、思わずリリスの足が竦む。

ふと、視線を感じてアモンを見ると、彼は口端を引き上げて愉しそうに笑っていた。

「……ッ」

怖い、怖すぎる。

ぞわっと背筋が泡立ち、リリスは後ずさりしようとした。

だが、それを見越していたのか、アモンに強く腕を引かれてベッドにうつ伏せに倒れ込んでしまう。すぐに身を起こして逃げようとしたが、振り返ったときにはベッドの前で立ち塞《ふさ》がる彼に見下ろされていた。

きっと、猛獣の檻に放り込まれた子鹿はこんな気分なのだろう。

ぷるぷる震えるだけで、食べられるのを待つしかないのだ。

これから、どんなふうに乱暴されるのか、想像を超える恐ろしさに違いなかった。

「リリス、おまえには特別にいいものを見せてやろう」

「……え」

ところが、アモンは突然おかしなことを言いはじめる。

彼がおかしいのは今にはじまったことではないが、無理やり押し倒されるものと思っていたので理解が追いつかない。

——今度はなんなの……？

警戒気味にアモンを見上げると、彼はリリスの視線を意識しながら、おもむろに自分のシャツのボタンを外しはじめた。

やはり襲いかかるつもりだ。

リリスは危険を感じて再び身構える。

しかし、ボタンを外す動きはやけにゆっくりで、すべてを外したあとも襲いかかってくる気配がない。それどころか、アモンは見せつけるようにシャツを脱いでからベッドに腰掛け、上半身裸でふんぞり返るだけだった。

「どうだ?」

「……ど、どう……だ……?」

彼が何を言いたいのか、まったくわからない。

自慢げに『どうだ』と聞かれても、リリスには何も答えられなかった。

けれど、彼は答えを求めていたわけではないのか、ぎこちなく反応するリリスを見て満足そうに頷いている。

その後もアモンは脚を組んだり、左右の脚を組み替えたりしているだけで、それ以上の動きはない。妙に自信に満ちた顔で見つめられても曖昧に笑い返すことしかできなかったが、やはり彼は大仰に頷いて一人で納得していた。

もしや、今日はこれで終わりなのでは……。

あまりに何もないので、淡い期待がリリスの頭を過《よぎ》る。

だが、次の瞬間、アモンの放った一言でそれが甘い考えだとすぐに気づかされた。

「リリス、おまえも早く脱げ」

「……っ」

「どうした。何をしている。もしや俺に脱がしてほしいのか？」

「え？」

「なんだ、それならそうと言えばいいものを……。しかし、そういうことなら仕方ない。望みどおり、俺がすべて脱がしてやる」

「あっ、あのっ、違います……ッ」

「何が違うと言うのだ。いいから俺に任せろ」

「あぁっ、何を……っ」

誰もそんなことは言っていないのに、アモンはまたも勝手に話を進めていく。

リリスは慌ててベッドの端に移動しようとしたが、途中で腕を摑まれて強引に引き戻されてしまう。

すると、彼の胸に飛び込む格好になって、その逞《たくま》しい胸板になぜかドキッとさせられた。

リリスはそんな自分に驚いてジタバタと藻掻《もが》いたが、そうすると彼の滑らかな肌で頬を擦られて余計に心臓が跳ね上がる。

──これは違う。何かの間違いよ……っ。

リリスはアモンの胸を押し、必死で距離を取ろうとした。

だが、そんな抵抗など物ともせず、彼はリリスのドレスの裾を鷲摑《わしづか》みにして腰まで捲《まく》り上げた。

初夜のために用意されたドレスは日中に着るものと違って、とてもシンプルな作りだ。

生地は薄く、おそらくリネンでできているのだろう。着心地がよくて着るのも脱ぐのも簡単だが、誰かが脱がすときも同じことが言える。彼が今したように捲り上げていけばいいだけだった。

「……なかなか扇情《せんじょう》的だ」

「アモン…さま……」

ドレスの生地は腰の辺りでたぐまって、リリスの太腿《ふともも》はすっかりむき出しになっていた。その様子をアモンはギラついた目で見つめている。生地を摑む手に力を込めると、今度は胸元まで捲り、怯《おび》えるリリスを素早くベッドに組み敷いた。

「あっ!?」

「もっと見せろ。今のおまえにはドレスなど邪魔なだけだ」

「ま、待ってくださ…――」

アモンは息を乱しながら、一気にドレスを脱がしていく。

余計な装飾はほとんどないため、両腕を上げさせられただけであっという間の出来事だった。

乳房もお腹も、あらゆる部分が空気に晒されて、リリスは顔を真っ赤にして身を捩《よじ》る。

しかし、羞恥を感じたのも束の間、アモンは動きを止めることなくドロワーズの腰紐《こしひも》を摑んでするりと解いてしまう。

「や…ぁ…ッ！」

それに気づいたリリスは、咄嗟にドロワーズのウエスト部分を握り締める。

そうすることで、少しでも足掻《あが》こうとしていたのかもしれなかった。

けれども、アモンはそれさえ難なく乗り越えていく。

彼は唐突に身を屈めると、リリスの腕をベロリと舐《な》め上げた。驚いたリリスがドロワーズから手を放した瞬間、すかさず裾を摑んで思い切り引きずり降ろし、完全に生まれたままの姿にしてしまったのだ。

「……あ…、そんなっ」

「これが、リリスの身体……」

「み…、見ないでください……」

「なんだ、恥じらっているのか？　脱がせろと言ったのはおまえのほうではないか」

「ちっ、違いますっ、私は……っ」

「まぁ、そんなことはどうでもいいのだ。リリス、俺の残りの服はおまえが脱がせろ」

「……え？」

「難しいことは何もない。これを脱がせるだけだ」

言いながら、アモンは自身の下衣を指差してみせる。

リリスは目を丸くして、口をぱくつかせた。

彼のほうは上半身しか脱いでいなかったが、いくらなんでもそんなことを要求してくるとは思わなかったのだ。

「早くしろ。ほら、手を寄越せ」

「あっ、や…っ」

「ここを緩めるのだ。そう、こうやってボタンを外してな。いいか、ちゃんと覚えるのだぞ」

「……っ、～……ッ!?」

リリスが動けずにいると、アモンはリリスの手を摑んで自身の下腹部まで持っていく。ちょうど彼のおへその辺りにボタンがついており、指先で器用に外すと腰回りに余裕ができる。そうすると、指で下衣を引っ張っただけで硬そうな腹筋があらわになったが、リリスはその間、手を摑まれていたので自分では何もしていない。アモンのはだけた前部分を、息を吞んで見つめていただけだった。

「……ぁ」

その直後、リリスはびくんと肩を揺らす。

部屋は暗く、僅かな月明かりと床に置かれた燭台の灯りが頼りだったが、彼の屹立したものがはっきり見えてしまったのだ。

脱げば下半身も見えるのは当然だ。

しかし、まだ何もしていないのにどうしてこんなに興奮しているのか。

男性器を見るのははじめてとはいえ、これが普通の状態でないことだけはわかる。

リリスが目を白黒させていると、アモンは誇らしげに笑みを浮かべた。

「どうだ、立派だろう。喜べ、今からこれはおまえのものだ」

「……あ…あ……」

無理、こんなの入らない。

もらっても困る。ちっとも嬉しくない。

頭の中で警笛《けいてき》が鳴り響き、リリスは逃げ腰になってアモンの下から這《は》い出ようと試みる。

だが、その拍子に彼に摑まれたままの自分の手も動き、彼の屹立したものをうっかり触ってしまった。

「……う」

「――ッ」

アモンが眉根を寄せて掠《かす》れた声で呻く。

妙に色っぽい声音に、リリスは身を固くした。

違うんです。わざとじゃないんです。

言葉にしようとしたが、唇が小さく震えただけで声にならない。

こうしている間も、リリスの手は彼の熱に触れたままだ。

それだけでなく、緊張で手が震えて無駄に刺激を与えてしまい、彼の熱はさらに質量を増していく。これでは何を言っても言い訳にしかならない。それどころか、自分から誘っていると思われても仕方ない状況だった。

「リリ…ス…、おまえがこんなに積極的だったとは……」

「あ…ぅ……」

「……ならばこちらも相応のお返しをせねばな」

「ンんっ」

耳元で囁かれてリリスは身体をびくつかせる。

そこで彼はようやくリリスの手を放し、代わりに柔らかな乳房を鷲摑みにした。

そのまま円を描くように揉《も》みしだくと、果実のような蕾《つぼみ》を甘噛みし、舌先で小刻みに舐《ねぶ》っていく。

「あっ、っは、あぁう」

リリスはいきなりのことに動揺しながらも、淫らな舌の動きで身体が勝手にびくびくと跳ねてしまう。

──なんなのこのいやらしい声は……っ。

なぜ簡単に反応してしまうのか、自分で自分がわからない。

頭では強く否定しているのに、口からは喘ぎ声しか出てこないのだ。

乳首を舐められ、腰やお腹を撫で回されても甘い声が出てしまう。指先で太腿をくすぐられて、それが少しずつ脚の付け根へと移動していったが、秘部に触れられても喉を反らして全身をびくつかせるだけだった。

「柔らかい…な。それに、少し濡れている」

「あ、あぁ……」

「リリス、俺の指がそんなによかったのか？　それとも、舐められて感じたのか？」

「っん……ぅ、ふ…ぁ、あ、耳……おかしく……っ。アモンさま……、声…っ、喋《しゃべ》らないでくださ…い……」

「声？　俺の声がいいのか？」

「ひぅっ、んんっ、指…、そんなに動かしちゃ、だめ…です……ッ」

「……ずいぶん煽《あお》ってくれる」

一体、自分は何を口走っているのだろう。

アモンとの結婚なんて、欠片も望んでいなかったはずだ。こうなるなんて思ってもいなかったのに、どうしてすんなり受け入れているのか。

——もしかして、長年されるがままでいたから……？

だから、それが身体にしみついてこんなことでもすぐに受け入れてしまうのだろうか。

これまで、アモンに嫌がらせじみたことをされても、リリスはいつか飽きるだろうと黙って受け入れてきた。落馬させられたときは彼が恐ろしくて仕方なかったけれど、あれ以来そこまで無茶苦茶なことはされなかったから、いつの間にか当たり前のようにやり過ごせるようになっていたのだ。

きっと、そうだ。そうに違いない。

愕然としながらも、リリスは自分を必死で納得させようとした。

太い指で中心を抜き差しされるうちに、身体の奥から蜜が溢れ出してくる。条件反射でこうなっていると思わなければ、自分の中の何かが壊れてしまいそうだった。

「ああ…ぁ、んっ、あっ、あぁ……っ」

「なんて淫らな声だ……。リリス、顔を上げろ。そうだ、俺を見るんだ」

「……ンッ、っは、んんぅ……ッ!?」

ややあって、アモンはリリスの秘部を指で刺激しながら身を起こした。

顔を覗き込むように間近で見つめられ、リリスは言われるままに彼を見つめ返す。

すると、アモンの顔が一層近づいて唇で唇を塞がれる。同時に唇の間から舌を差し入れられて、リリスは目を見開いてくぐもった声を漏らした。

「う…う、んん…ン、んぅ…う………」

突然の感触にリリスはシーツを強く握り締める。

熱い舌先で歯列をなぞられて上顎を軽く突かれたあとは、いとも容易《たやす》く小さな舌が捕らえられていた。食むような動きで口づけが繰り返され、それをただ受け止めることしかできない。息の仕方がわからなくて苦しいのに、内壁の奥のほうを徒《いたずら》に刺激されて身体に力が入らなかった。

アモンは酷く興奮した様子で、息を乱してリリスの唇を貪っている。

彼の頬にかかる黒髪が蝋燭の灯りで異様なほど艶めかしい。淫らに濡れた金色の双眸でリリスを射貫くと、アモンは互いの舌を蛇《へび》のように絡め合わせてからゆっくりと離し、ニヤリと口端を引き上げた。

「……もっと時間をかけるべきかと思っていたが、その必要はなさそうだな」

「っは、あっ、ん……っ！」

息がかかるほど間近で囁き、アモンはリリスの中心から指を引き抜く。

その刺激でお腹の奥が小さく痙攣《けいれん》し、思わず甘い声を上げてしまう。

アモンは自分の濡れた指に目を移すと、愉しそうに目を細め、リリスに見せつけるようにしてその指に舌を這わせていく。

「何を……っ」

「俺は自分の指を舐めているだけだぞ？」

「そっ、その指は今まで私の……」

「そうだな。おまえの蜜の味がする。とてもいやらしい味だ」

「……ッ」

「くく……、いい顔だ。興奮する」

そう笑いながら、アモンは僅かに身を起こしてリリスの足首を摑んだ。

何をするのかわからずその動きを黙って見ていると、がぱっと開脚させられて彼の身体が割り込んでくる。

「あ……ッ!?」

動転するリリスだったが、アモンはさらに脚を広げてしまう。

彼はむき出しになった秘部を食い入るように見つめながら、肩で息をしている。

あまりの恥ずかしさにリリスは言葉も出ない。

自分でもまともに見たことのない場所をアモンに見られているのだ。おまけに自分の秘所が濡れ光っているのもわかってしまい、さまざまな感情で頭の中がぐちゃぐちゃになっていた。

「……挿《い》れるぞ」

「んッ」

やがて、中心に彼の欲望が押し当てられ、リリスは強く目を瞑った。

もう逃げられない。

頭のどこかでそう思った直後、アモンはぐっと腰を押し進めてきた。

小さな襞が彼の熱塊でみるみる広げられ、内壁がすぐにいっぱいになる。

苦しい。痛い。これ以上は入らない。

先ほど目にした彼の屹立を思い出し、リリスは唇を噛み締めて苦悶《くもん》の表情を浮かべた。

やはりあんな凶悪なものを受け入れるなんて無理だったのだ。今さらすぎるとわかっていても、無意識に身体を捻《ひね》って逃れようとしていた。

「あっ、あぁあ――……ッ」

その瞬間、リリスは喉を反らして悲鳴に似た嬌声《きょうせい》を上げた。

逃げようとするリリスの身体がすぐさま引き戻され、一気に最奥まで腰を突き入れられたからだ。

「……はは…、なんて感触だ」

「あ……あ……」

「リリス、入ったぞ。これでおまえはもう俺のものだ」

「アモン…さま……」

「もう遠慮はしない。このまま最後まで味わい尽くしてやろう」

「……んっ……ぅ、あっ、アモンさま……ッ、ま、まだ動かな……――、あぁぁっ、あぁあっ、ああー……ッ！」

アモンは低く笑い、腰を前後させていく。

驚いて声を上げるが、その動きは止まらない。

いきなりはじまった抽挿にリリスは身を捩るも、ベッドに縫い付けられるようにして呆気なく両手の動きを封じられてしまう。羞恥と混乱、破瓜の痛みが混ざり合って全身を駆け巡っていくようだった。

「あっあっ、いっ、あぁっ、んっ、あぁぅ……ッ」

「リリ…ス…、リリス……ッ！」

「んっんっ、う…う、ンンッ、ふぅ、あ、ンッ」

アモンが動くたびに、リリスの身体がベッドで跳ねる。

涙を浮かべて小さく藻掻くと、名前を呼ばれながら口づけられた。

今の彼は普段と違って少しも余裕が感じられない。苦しげに息を乱した掠れた声の響きからは切羽詰まっているのが感じ取れた。

熱い舌が擦れ合い、離れてもすぐに舌を搦め捕られてしまう。

唇の間から漏れ出た彼の熱い吐息までもがリリスの肌を刺激していた。

「は…、ンッ、あっ、ひぁ……っ」

——な……に……？　身体が、変……。

そのうちに、リリスは自分の身体に異変を感じはじめる。

苦痛はあるものの、それだけではない。

なぜか全身が燃えるように熱くなっているのだ。

そのことを知らしめるためか、抽挿のたびに部屋にはいやらしい水音が響いていた。

二人が繋がった場所からますます蜜が溢れていくのが自分でもわかって、耳を塞ぎたくなるほど恥ずかしかった。

「ぃやッ、い、あぁっ、あっああっ」

「っく……、そんなに締《し》めるな。我慢…、できなくなる……ッ」

「あっあっ、ふっ、ああぅっ、あぁあ……っ」

「……ッ」

自分が情けなくて仕方なかった。

そう思いながらも、どうしようもなくお腹の奥が切なくてもどかしかった。

アモンを見上げると、彼は苦しげな顔で歯を食いしばっている。

気を紛らわせようとしてか、リリスの首筋に口づけたり乳首を甘噛みしているが、腰の動きは一層速くなって呼吸も荒々しい。

もしかしたら、アモンは限界が近いのだろうか。

情交によって男性がどんな感覚になるのかは自分にはわからないけれど、必死で我慢していることだけはなんとなく伝わった。

——だったら、早く終わらせてしまえばいいのに……。

下腹部の疼《うず》きに悶《もだ》えながら、リリスは頭の隅でぼんやり考える。

そうすれば、これ以上身体がおかしくならずに済む。

痛みとは違う感覚に気づかずにいられるはずだ。

追い詰められる中で、リリスはわざと彼の雄を締めつけていた。

「……う……ッ」

大丈夫、すぐに終わる。あと少し耐えるだけだ。

祈りにも似た気持ちで繰り返し下腹部に力を込めると、アモンは先ほどより苦しそうに顔をしかめていた。

しかし、このまま終わるのではと淡い期待を抱いた直後、彼はリリスを掻《か》き抱《いだ》き、いきなり最奥を突き上げてきたのだ。

「ひあっ、あぁぁあっ！」

「リリス、もっと、もっとだ……っ」

全身に火が付いたようだった。

強すぎる刺激に目の前がチカチカしていた。

これが痛みなのか、快感なのかもわからない。

お腹の奥がひくつき、何かに追い詰められる感覚にただただ恐怖を感じる。リリスは甲高い嬌声を上げながら、無意識にアモンの首にしがみついていた。

「……う…っく……ッ」

すると、アモンはさらに興奮を強め、猛《たけ》りきった先端でリリスの奥を押し上げてくる。隙間なく身体を密着させると、小刻みに全身を揺さぶって白いうなじに口づけを繰り返した。

「ンぅッ、ひぁ…あっ、んっんっ、ああっ、あぁあ……っ！」

「もう限界…だ。リリス、おまえも…だろう……？」

「あぁっ、ンンッ、アモン…さま……ッ」

「ならばそのまま掴まっていろ。絶対に放すものかっ。俺のすべてをおまえにくれてやる……っ！」

「やあぁ…っ、いっああっ、ああっ」

貪るように唇を奪われ、執拗《しつよう》に最奥を突き上げられる。

内壁は苦しいほど押し広げられているのに、彼の熱はなおも大きくなっていた。

次第にリリスの意識はおぼろげになり、眼前が白んでいく。互いの肌がぶつかる音を遠くに感じながら、抗えないほどの激流に押し流されていった。

「――ッ」

「ひっああ、あ、あああぁ――……ッ！」

痛みと快感が綯《な》い交ぜになる中で、リリスは喉を反らして嬌声を上げた。

アモンもまた低く呻きながらリリスの腰を引き寄せる。膨張《ぼうちょう》した熱塊がこれ以上ないほど内壁を圧迫していたが、狂おしいほどの律動の果てに最奥で爆《は》ぜるのに数秒もかからなかった。

リリスは自分の内を濡らす白濁を受け止め、さらなる高みへと追い立てられていく。

下腹部は断続的に痙攣し、生理的な涙が頬を伝っていた。

言われるままにアモンにしがみつき、これがはじめての絶頂だと気づくことなく迎えた最後だった。

「……っ、あ…っ、はっ、はっ、はぁっ…んっ、ぁ……」

身体が鉛《なまり》のように重い。

息が苦しくてまともに声も出ない。

二人は折り重なるようにベッドに沈み、部屋には激しい息づかいだけが響いていた。

ややあって、アモンは汗で濡れた逞しい腕でリリスを抱きしめながら、小さな唇に口づける。躊躇《ため》いのない動きに反応できずにいると、彼は大きく息をついて頬や瞼、顔中にキスの雨を降らせた。

なんて柔らかな唇だろう。

それに、なんだかすごく優しくされている気がした。

リリスは肩で息をして、じっとアモンの様子を窺う。

骨ばった手で頬を撫でる仕草が、やけに優しく感じられてしまう。

時折、「リリス」と吐息混じりで囁き、まっすぐ見つめる金色の瞳に思わずドキリとさせられた。

けれど、長年の積み重ねによるものか、リリスはすぐにハッと我に返った。

アモンが優しいわけがない。これまで、どれだけ嫌がらせをされてきたか、誰よりも自分が一番よく知っていた。

「……あ、の…、アモンさま……」

「なんだ？」

「その…、そろそろ身体を離していただけると……」

「……身体？」

「はい、もうお休みになる時間でしょうから」

なるべく棘《とげ》のない言い方を心がけたが、彼がどう感じたかは定かではない。

リリスはそっとアモンの胸を押して、ぎこちなく微笑む。

とっくに果てたはずなのに、彼はなぜだかリリスから出ていってくれないのだ。

冷静になると、こんな状態でいるのが信じられない。どうしてあんなに乱れてしまったのか、自己嫌悪に陥りそうだった。

「何を言うかと思えば……。これで休めるわけがないだろう」

「……え？」

「まだ一回しかしていないのだぞ？　終わりにするには早すぎる。初夜なのだから、限界までやるべきだ」

「げ…、限界……？」

「そう、足腰が立たなくなるまでだ」

「……えっ!?」

アモンは当然のように頷き、やれやれといった様子でため息をつく。

だが、リリスにとっては寝耳に水もいいところだ。

あんなことは何回もするものではない。一回すれば十分だ。

リリスは首を横に振って、先ほどより強めにアモンの胸を押す。

ところが、彼の身体はびくともしない。もう一度押してみたが、まったく動かないどころか反対に抱きすくめられてしまった。

「んっ、アモンさま…、だめ、だめです……」

「何がだめだ。あれだけ俺を煽っておいて」

「あれは……っ」

「いいからこのまま受け入れろ。少し休んだからまたできるはずだ」

「そ、そんな…、私、はじめてなのに……っ」

「俺だってはじめてだ。そうでなかったらおかしいだろうが」

「え…、で、でも……」

王族なのだから相手に不自由しないのでは……。

頭の隅でそう思ったが、深く考える前にアモンの顔が間近に近づく。

「リリス、いい加減、素直になれ。大丈夫だ。俺たちはとても相性がいい。おまえもわかったはずだ。最初から同じタイミングで達することができたのだからな」

「あっ、やっ、待ってくださ……――、あぁぁ……ッ!?」

リリスは必死で言い募るが、アモンはまったく聞く耳を持たない。

またもや勝手に話を進めてリリスの首筋に舌を這わせていく。

あれだけ激しい行為をしたばかりなのに、続けてなんてできるわけがない。

リリスはもう一度首を横に振って身を捩ったが、呆気なく腰を引き戻されて深く繋げられてしまう。

相性なんてよくない。あれは何かの間違いだ。

心の中で否定しているうちに彼のものが再び熱を取り戻してしまう。悪戯をするように内壁をぐりぐりと擦られてリリスは全身をびくつかせた。

「ひンッ、ぁ、ああ……ぅ」

「いい声だ。リリス、もっといろんなおまえを見せろ。淫らに乱れるおまえを見るのは実に愉しい」

耳元で低く囁かれて背筋がざわめく。

嫌だ。もうあんな姿は見られたくない。

そう思うのに、緩やかに律動がはじまるや否や、甘い声が出てしまう。

「……あ…あぁ……あ」

どうしてこんなに簡単なのだろう。腰をくねらせて逃れようとしても、下腹部がぞくぞくとしてうまく力が入らなかった。

——私、どうなってしまうの……。

リリスは愕然としながら、天井を見上げる。

その後のことは、はっきりとは覚えていない。

繰り返される行為は果てしなく、いつ終わるかもわからない。あまりにも長い夜を過ごす中で、アモンが与える快楽に何度となく絶頂を迎え、浅ましい自分の姿が心に刻まれただけだった。

第三章

――翌朝。

昨日に続いて、今日も空は晴れ渡っていた。

リリスとアモンは目が覚めると、すぐに着替えて大食堂に向かった。

広々とした大食堂では爽《さわ》やかな日差しが窓から降り注ぎ、執事や給仕たちが主人のためにテキパキと食事を運んでいる。

皆、そつのない動きをしていて表情も明るい。

きっと、自分たちの仕事に誇りを持っているのだろう。

寝不足気味でぼんやりしながら、リリスは彼らの様子を眺めていた。

――どんな主人でも相手は公爵だもの。割り切ってしまえば、ああやって自分のすべきことをまっとうできるのかもしれない……。

そんなことを考えていると、不意に視線を感じた。

何気ない素振りで前を向いたところ、アモンと目が合った。

「リリス、好き嫌いはあるか？　今朝の献立はどうだ？　苦手なものがあるなら聞いておこう。料理長が知りたがっていたからな」

「……あ、いえ、特に苦手なものはありません。どれも美味しそうで、飾り付けも素敵です」

「そうか、ならば存分に楽しむといい」

「はい」

アモンの問いかけに、リリスは思ったことを素直に伝えた。

彼はテーブルを挟んだ向かい側に座っている。

テーブルにはパンと魚介のスープ、赤ワイン仕立ての肉料理が並んでおり、アモンは上品な仕草でそれらを自分の口に運んでいた。じっくり味わってから頬を緩めているので、彼の満足する味だったようだ。実際、見た目も匂いも、どれも美味しそうなものばかりだった。

けれど、リリスのほうはなかなか食が進まない。

寝不足で食欲がないというのもあるが、アモンと二人きりの食事というのが一番の理由だ。

会話が途切れても、彼の視線を感じて落ち着かない。

一挙手一投足を監視されているようでスプーンを持つ手が震えてしまう。

もう一度アモンに目を向けると、彼は待ち構えていたようにニヤリと笑って首を傾けた。

「俺が気になって仕方ないようだな」

「……いえ…、その……」

リリスはどう反応していいかわからず、慌てて料理の皿に視線を落とす。

落ち着かないのはアモンが人のことをじろじろ見るからなのに、変な勘違いはやめてほしい。

とはいえ、彼のことが気にならないと言えば嘘になる。

というより、改めて考えてみると気になることしかなかった。

――アモンさまは、どうして私を結婚相手に選んだのかしら……。

彼にはほかにもたくさんの候補がいたはずなのだ。

その中には、自分よりふさわしい娘もいただろう。

それにもかかわらず、なぜリリスが選ばれてしまったのか。やはり、この結婚には裏があるのではないだろうか……。

いい思い出が一つもないせいで、どうしても穿《うが》った見方しかできない。

初夜まで迎えておきながら、リリスはいまだにこの状況をしっかりと受け止められずにいた。

それに引き替え、アモンはいつもとなんら変わらない。

それどころか、妙に機嫌がいい。

寝たのは朝方のはずなのに、疲れなど感じさせない様子で肌がつやつやしていて食欲もあるようだった。

――私なんて、身体のあちこちがギシギシしてるのに……。

なるべく昨夜のことは思い出したくなかったが、気を緩めると考えてしまう。

リリスは密かにため息をつき、なんとかスープを飲み込んだ。

「――アモンさま、リリスさま、おはようございます」

と、そこで聞き覚えのある穏やかな声が大食堂に響く。

声のしたほうを見ると、大食堂の出入り口から白髪交じりの紳士がやってくるところだった。

その紳士はリリスを見るとにっこり笑いかけて、アモンの傍《かたわ》らで立ち止まる。

彼の名はミュラー。今はこの屋敷の家令をしているが、以前はアモンの従者としてハワード邸にもたびたび来ていたからリリスもよく知っていた。

「なんだ、ミュラー、姿を見ないから出かけているのかと思ったぞ」

「申し訳ありません。お客さまがいらしたので、その応対をしていたのです」

「……客？　そんな予定はあったか？」

「いいえ、ございません。アモンさまにお祝いのお言葉を直接おっしゃりたいとのことで、わざわざお立ち寄りくださったようです」

「お祝い…、結婚のか？　結婚式は昨日だぞ」

「えぇ、結婚式にもご出席いただきました。ですが、ゆっくりお話ができる状況ではありませんでしたから……」

「なんだそれは……。相手は誰だ？」

「コンラッド侯爵です」

「……あぁ…、あの話し好きのか」

「どうされますか？　玄関ホールでお待ちいただいておりますが」

ミュラーに伺いを立てられて、アモンは眉を寄せて天井を仰ぐ。

彼のように傍若無人な人でも、突然訪れた客人を突っぱねるのには躊躇いがあるのだろうか。リリスは意外に思いながら、二人の会話を聞いていた。

「仕方ない、行くとしよう」

「承知しました」

「ミュラー、おまえはここにいろ。俺だけで十分だ」

「ですが……」

「いいのだ。おまえはリリスの相手でもしていてくれ。――やれやれ、朝から老人の長話に付き合わねばならんとは面倒なことだな。これからリリスに屋敷を案内するつもりだったというのに……」

アモンはため息交じりに言うと、ぶつぶつ言いながら席を立った。

――どう見ても気が進まない様子なのに……。

リリスは密かに驚きながら、アモンが大食堂から出ていく様子を目で追いかける。

無下にできない相手なのかもしれないが、彼がこんなに柔軟な姿勢を見せるとは思わなかったのだ。

辺りを見回すも、使用人たちは各々の仕事を淡々とこなしている。

今のやり取りを聞いていたはずなのに、誰も気にしていない様子だ。

ミュラーはどうだろう。リリスが目を向けると、彼は目を細めて優しい口調で話しかけてきた。

「リリスさま、お久しぶりですね。またお会いできて光栄です」

「私も嬉しいです。ミュラーさん、これから、よろしくお願いします」

「こちらこそ、よろしくお願いいたします。慣れない場所で心細いことも多いでしょう。なんでも気軽にお申し付けください。できる限りのことをいたしますので」

「あ…、ありがとうございます」

ミュラーと会うのは二年ぶりだ。

アモンが公爵になったのが二年前だから間違いない。従者をしていた頃の彼も、いつもにこやかな優しい紳士だった。

自分を知っている人がいることにほっとしてしまう。

ここにアモンがいないというのもあるだろう。リリスは自分から無駄な力が抜けていくのを感じていた。

「リリスさま、よければ私が屋敷をご案内いたしましょうか」

「いいのですか？」

「ええ、私ではアモンさまの代わりは務まりませんが……――、あ……と、失礼。まだお食事中でしたね」

言いながら、ミュラーはテーブルの料理に視線を移す。

しかし、ほとんど料理に手がつけられていないと気づき、彼は数秒ほどテーブルの皿をじっと見つめてからリリスに目を戻した。

「……もしや、お口に合いませんでしたか？」

「え？　あっ、こ、これはその……、折角の美味《おい》しいお料理なのにごめんなさい……っ」

「あぁ、お口に合わないわけではなかったのですね。それなら料理人も一安心です」

「もちろんです。どれも、とても美味しいです。それなのに私ったら……」

「いえ、責めているわけではないのですよ。少し気になっただけです。家令として、主人の体調は一番気をつけなければならないことですから」

「しゅ、主人……?」

「そうです。私にとっては、リリスさまももちろん主人です」

ミュラーは当然のように頷く。

――私も、ミュラーさんの主人……。

それで彼は自分の体調を気にしてくれていたのか。

アモンの妻になった実感が湧かないからか、そんなふうに丁重に扱ってもらえることがなんだかくすぐったかった。

「今はお部屋に戻ってお休みになられたほうがよさそうですね。お腹が空いたらおっしゃってください。改めてお食事を運びましょう」

「けれど……」

「大丈夫ですよ。屋敷の案内はアモンさまがしてくださいますから、お戻りになるまでゆっくりしてください」

「……ッ」

ミュラーの気遣いにほっこりしていたリリスだが、アモンの名が出た途端、身体がビクついてしまう。

本当は休みたい。身体中ギシギシして眠気も酷《ひど》い。だが、休んでいたらアモンが戻ってきてしまう。そうしたら、また部屋で二人きりになってしまうのだ。

頭の中で天秤《てんびん》が大きく傾き、リリスは慌てて言い募った。

「あのっ、ミュラーさん！　私、平気です。ほんの少し疲れが出ただけで、休むほどではないんです。ですから、やっぱりお願いできないでしょうか？」

「リリスさま？」

「お屋敷の案内をお願いできませんか……っ」

「しかし……」

「えっと、その…っ、アモンさまを煩《わずら》わせたくないのです。お客さまの応対で大変でしょうし……」

咄嗟にそれらしいことを言い、リリスはぎこちなく微笑む。

ミュラーは困っていたが、こうでも言わなければ部屋に戻されてしまうだろう。

少しでいい。アモンから離れて気晴らしをしたかった。

「……わかりました。では、休み休み回りましょうか。その代わり、無理はなさらないでくださいね。あまりお疲れのようでしたら、すぐに部屋に戻りましょう」

「はい、ありがとうございます……っ」

自分でも強引だと思ったが、ミュラーが折れてくれて心底ほっとした。

――大丈夫、アモンさまもきっとこれくらいでは怒ったりしないわ……。

今日はやけに機嫌がよさそうだった。

ほかの人に屋敷の案内をしてもらうくらい問題ないはずだ。

そんなことを考えながら、リリスは席を立つ。

アモンが戻ってこないうちにと、ミュラーと大食堂を出ていく足取りは現金なほど軽やかだった。

❀　❀　❀

その後、リリスはミュラーと一緒に屋敷の中をあちこち回っていた。

自分の家も広いほうだと思っていたが、ここはその比ではない。

広大な敷地に建つ屋敷はお城のように大きく、一人ではすぐに迷子になってしまいそうだった。

「――リリスさま、そこの回廊を右手に向かった先が大広間です。その先を少し進むと、客室としていつでも使用できる部屋が並んでいます。ちなみに、そこの回廊を左手に進むと我々使用人たちの専用フロアに行き着きます。リリスさまにはほとんど用がない場所かと思いますが、はじめのうちは迷わないとも限りません。ここは少々広いですから、そういうこともあります。わからなければ遠慮せずに誰かに聞いてください。使用人がそこかしこにいるでしょうから」

「わ、わかりました……」

長い廊下を歩きながら、リリスはミュラーの話にぎこちなく頷く。

彼の説明はとても丁寧だが、残念ながら一度教えられただけは覚えられそうにない。

何せ、大食堂を出てから一時間近く経っているのに、まだ庭の一部と屋敷の一階しか回れていないのだ。これでもリリスの体調を気遣って端折《はしょ》っているようなので、今日だけですべてを回るのは無理そうだった。

——だけど、アモンさまにとっては、こういう環境が普通なのよね……。

これまであまり深く考えてこなかったけれど、彼は国王の弟なのだ。

アモンの治める公爵領は、貴族の所領とは明確に違う部分がある。王国の中にもう一つ小さな国があるイメージと言えばわかりやすいだろうか。ここには独自の法律が存在し、公爵自身にも強い自治権を与えられていた。とはいえ、自治を認めれば反乱を起こすきっかけにもなり得るため、国王が絶対的な信頼を寄せる者にしか認められることはない。つまりアモンは国王にとって片腕のような存在と言っても過言ではなかった。

「リリスさま、この辺りで少しお休みしましょう。そこから外の景色が見えますよ」

「あ、はい、ミュラーさん」

リリスが小さく息をつくと、ミュラーがすぐ傍の窓を指差して休憩を促してくれた。

屋敷を案内される間、すでに二度も休憩を取っているのでそこまで疲れているわけではないが、ため息をついたのを気にしてくれたようだ。なんだか申し訳なく思ってしまうけれど、さり気ない優しさは素直に嬉しかった。

——ミュラーさんに屋敷を案内してもらえてよかった。

アモンと屋敷を回っていたのでは、こうはいかなかっただろう。

彼の場合、唐突に思いも寄らないことをはじめたりするから、次は何をするのかと常に気を張ってしまう。遠くから見ているぶんにはいいが、大抵リリスも巻き込まれる。それが警戒心を抱く要因になっていた。

「今日もいい天気ですね。昨日に引き続き、雲一つない快晴です」

「えぇ、空がとても澄んでいますね」

「一昨日までは雨続きだったのですよ。それが一転してこうなのですから、アモンさまとリリスさまのご結婚が神様に祝福されているのでしょう。実に喜ばしいことです」

「そ…、そうだったんですね」

ミュラーは窓から空を見上げ、嬉しそうに目尻を下げていた。

そんなふうに言われてしまうと、どう反応していいかわからない。

けれど、ミュラーが心からそう言っているのは伝わってくる。

彼はアモンが子供の頃からずっと傍で仕えてきたのだ。

はじめは従者として、今は家令としてアモンに仕えているが、リリスから見ても彼の忠誠心は驚くほど強かった。

「リリスさま、ありがとうございます。本当に感謝してもしきれません」

「……え？　私、感謝されるようなことは何もしていませんけれど」

「何をおっしゃいます。アモンさまに嫁いでくださったではありませんか！　朝からあれほど機嫌のいいアモンさまを見たのははじめてなのですよ。大食堂でお二人が仲睦《なかむつ》まじく見つめ合う様子はまるで絵画のように美しいものでした」

「あ…、ありがとうございます」

いきなり早口で力説され、リリスはたじろいでしまう。

そうは言われても、やはり素直に喜べない。

相思相愛ならともかく、自分たちはそんな関係ではなかった。愛を囁かれたこともないし、甘い雰囲気になったこともない。アモンに対して苦手意識すらあったから、自分たちの結婚を喜んでもらえても複雑な気持ちにしかなれなかった。

──ミュラーさん、とてもいい人なのに……。

一体、彼のアモンへの好意的な感情はどこから来るのだろう。

リリスは深いシワの刻まれた目尻をじっと見つめながら、何気なく思ったことを問いかけた。

「ミュラーさんやここの人たちにとって、アモンさまはどのような主人なのでしょうか？」

「どのような…とは？」

「あ、いえ……、たとえばですけど、傲慢《ごうまん》でわがままとか……。実は酷いことをされて泣かされている人がいるなんてことは……」

「……ほう……」

「あの、あくまでたとえですからね。念のための確認というか……」

念のためと言いながら、その内容には本音が隠しきれていない。

いくら忠誠心が強くても、長く一緒にいれば見えてくることもあるはずだ。

そんな思いもあって問いかけてみたが、ミュラーは不思議にそうに瞬きをしたあと、クスクス笑い出した。

「ふふっ、傲慢でわがままなアモンさまですか。これはなかなか想像力の必要なご質問ですね」

「……想像力？」

「あぁ、申し訳ありません。ですが、そのように思う者は私を含めてここには一人もいないかと」

「一人も、ですか？」

「はい、ご安心くださいませ」

「……」

そこまで言い切れる根拠はどこにあるのだろう。

なぜそんなにも盲信できるのか。

リリスは眉を寄せて口を噤む。

自信を持ってそう言われても、自分にはとても理解できそうになかった。

「──ミュラーさま！」

そのとき、後方から男の焦ったような声が響いた。

振り向くと、回廊のほうから執事が駆け寄ってくる。

彼は途中までリリスに気づかなかったようで、近くまで来たところでハッと足を止めた。

慌てて頭を下げる様子に首を傾げていると、ミュラーはリリスに断ってから執事のほうへ向かう。

──どうしたのかしら……。

ミュラーが近づくと、執事は小声で何かを告げている。

身振り手振りで廊下の向こうを指差したり、首を横に振ったりしているが、内容はまったく聞こえない。話を聞いているミュラーは困ったような表情で時折頷いているので何かがあったことは伝わってきた。

二人のやり取りを黙って見ていると、少ししてミュラーが戻ってくる。

彼は若干言い淀みながら、いきなりリリスに謝罪してきた。

「その…、リリスさま、申し訳ありません。本日はここまでにさせていただけないでしょうか」

「どうかしたのですか？」

「……お恥ずかしいことに、ワインの在庫数が合わないようなのです。後回しにするわけにもいかず、本当に申し訳ないのですが……」

「そんな、気にしないでください。私は大丈夫ですから」

「そう言っていただけると……。代わりにあの者にリリスさまをお部屋にお送りするよう申し付けておきますので」

「お忙しい中、いろいろありがとうございます」

「……では、失礼します」

ミュラーは深く頭を下げると、執事に言葉をかけてその場を離れた。

程度にもよるとは思うが、ワインの在庫数が合わないことは、そこまで慌てることなのだろうか。

そんな疑問が顔に出ていたのかもしれない。ミュラーを呼びに来た執事がリリスのもとまでやってきて、神妙な面持ちで改めて頭を下げた。

「本当に申し訳ありません。ご案内の途中でしたのに……」

「いいんです。ちょうど休憩していたところでしたし、今日中に全部を回るのは難しそうでしたから」

「そう…でしたか。その…、私のほうでも何度もワインの在庫数を数えたのですが、どうしても合わず……。ミュラーさまは多くのものを管理されていますが、その中でもワインの管理はもっとも重要な仕事の一つなのです。もしも大勢のお客さまを招待することがあったとき、在庫数がわからなければ不足してしまうかもしれませんし、そうなれば主人に恥をかかせてしまいます。ですから、常日頃から厳しく管理しているのです」

「まぁ、そういうことだったのですね。私ったら不勉強で……」

「い、いえっ、不勉強などとんでもありません。我々がしっかりしていれば、このような醜態《しゅうたい》をお見せすることはなかったのですから……っ」

「けれど、無知でいるのは恥ずかしいことです。これからも、わからないことがあれば教えてくださいね」

「……ッ、はっ、はい……ッ！」

執事は強張った顔をしていたが、リリスの笑顔にみるみる表情が明るくなっていく。

おそらく、彼はリリスが不愉快な思いをしたと考えていたのだろう。

こちらからすれば、何度も謝罪されて恐縮してしまうくらいだったし、この程度のことで怒るわけもない。執事ならこれからも頻繁に顔を合わせるだろう。扱いづらい相手という認識を持たれるのは嫌だった。

それから、リリスは部屋に戻るべく、執事と二階に向かうことにした。

本当は気が進まなかったが、さすがにそれを口にはできない。

せめて時間をかけて戻れないかと思って、あれこれ話題を振ってみたところ、徐々に執事から緊張気味な雰囲気が消えていく。気づけば、自分の仕事のことやミュラーのことなどを楽しそうに話してくれるようになっていた。

「――ミュラーさまは我々執事の憧《あこが》れなのです。王宮では侍従長だった方なので、身のこなしやさまざまな気配りなど、見ているだけで勉強になることばかりです」

「侍従長？　アモンさまの従者ではなくて？」

「あ、はい、それも間違いではないかと。ミュラーさまは温厚そうに見えますが、大変腕が立つ方です。その腕を見込んだ国王陛下が、アモンさまの外出時だけ従者兼護衛として付き添うように命じられていたそうです」

「国王陛下が……。ミュラーさんはすごい方なのですね」

「はいっ、本当に素晴らしい方です！　誰に対しても態度を変えず、アモンさまへの忠誠心は誰よりも強い……。アモンさまが公爵になられて王宮を離れるとき、ミュラーさまもついていかれたのは自ら志願してのことだったそうです。その話を伺った際は胸が熱くなる想いがいたしました」

「……ミュラーさん自ら……。そうだったんですね」

「私もいつかあんなふうになれたらと密かに目標にしています」

彼は本当にミュラーを尊敬しているようだ。

どの話題よりも饒舌《じょうぜつ》になり、目をキラキラさせて語る様子は見ているだけで微笑ましい気持ちになった。

――だけど、ミュラーさんが自ら志願してまでアモンさまについてきたなんて知らなかったわ。

話を聞く限り、ミュラーは国王からずいぶん信頼されていたことがわかる。

侍従長を任されていたほどなので当然といえば当然だろうが、そんな人が王宮を離れるのはかなりの損失に違いない。ミュラーのことだから、それも承知のうえでアモンについてきたのだと思うが、リリスとしては疑問しかなかった。

ミュラーはなぜ生き方を変えてまで、アモンについていこうと思ったのだろう。

そこまでの魅力が彼のどこにあるのか、自分にはよくわからなかった。

「けれど、リリスさま。私はミュラーさま以上にアモンさまを尊敬しているのですよ」

「……えっ!?」

「そう思うのは、私だけではないはずです。少なくともこの公爵領の中では、アモンさまが領主でよかったと思っている者は大勢います。見た目の凛々しさもさることながら、頭脳明晰《ずのうめいせき》で冷静沈着。それにもかかわらず、穏やかでお優しい性格となれば好かれて当然です。我々のために日々執務に勤しんでおられるお姿を見ていれば、文句をつける者などいようはずがありません」

「そ…、そうです…か」

「ですから、リリスさまのような方がお相手で本当によかったと心から思います」

「私…ですか?」

「えぇ、使用人の失態を咎めることなく、寛大でお優しくて……。さすがアモンさまの選ばれた方だと嬉しくてなりません」

「……あ、ありがとうございます……」

感極まった様子の執事は若干目を潤ませている。

リリスは彼の話に合わせていたが、内心ではなぜ礼を言っているのかわからないほど動揺していた。

――まさか、アモンさまは二人いるなんてことはないわよね……。

黙っていれば、確かに見た目は凛々しいとは思う。

頭脳明晰かどうかはリリスにはわからないが、冷静沈着という部分には首を傾げざるを得ない。穏やかで優しい性格となると、これはもう別人としか思えない。執事の語るアモンとリリスの知る彼とではあまりに違っていた。

――けれど、昨夜は思ったよりは優しかった気も……。

もっと乱暴にされるのではと悲観していたから、そんなふうに感じるのだろうか。

二度も三度も行為を繰り返されたのには参ったけれど、抱きしめる手は異様に熱くて、途中から自分が彼に心より必要とされているような感覚を抱いていた。

そこまで考えて、リリスはハッと我に返る。

何を感化されているのだ。いくらなんでも簡単すぎる。人の話だけで自分の気持ちをそう簡単に変えるなんてあり得ないだろう。

アモンと出会ってからの八年を思い返し、リリスは小さなため息をつく。

やはり何かの間違いだ。自分の知るアモンは、どう考えても執事が褒めちぎるような人ではない。

そのとき――、

「リリス！」

「……っ」

何段か階段を上ったところで、突然後方から名を呼ばれた。

リリスは肩をびくつかせてその場で足を止める。声だけで誰であるかわかったが、たった今話題にしていたせいで必要以上に驚いてしまった。

おそるおそる後ろを向くと、アモンがこちらへ近づいてきていた。

「これはどういうことだ？　二人で何をしていた」

アモンは追いつくなり、怪訝《けげん》そうに問いかけてくる。

片眉を引きつらせて明らかに訝《いぶか》しんでいる様子だ。

やましいことがあるわけではなかったが、リリスは自分の心臓がきゅっと縮こまるのを感じて咄嗟に答えた。

「ミュラーさんにお屋敷の案内をしてもらっていたんです！」

「ミュラーに？」

「そうです。けれど、途中でミュラーさんに用事ができてしまって……。代わりに彼が部屋までついてきてくれることになったんです」

「……なるほど」

アモンは低い声で相槌を打って執事に目を移す。

すると、執事は一段だけ上がった階段を素早く下りて、緊張した面持ちでアモンに一礼した。こんなことでなんらかの疑いを持たれるとは思えなかったが、ハラハラしてどうしようもなかった。

「本当は俺がリリスを案内するつもりだったんだが、客が来てしまってな」

「存じております」

「そうか。君も忙しいだろうに時間を取らせてすまなかった。あとは俺に任せて仕事に戻ってくれ」

「はっ、はい！　では失礼いたします！」

アモンの対応が意外なほど優しい。

執事は嬉しそうに声を上ずらせて深く頭を下げ、リリスにも軽くお辞儀をすると、背筋をぴんと伸ばしてその場を去っていく。その足取りは妙に軽やかで、心なしか喜びが滲み出ていた。

「……リリス、戻るぞ」

「は、はい」

それからすぐにリリスはアモンに手を取られて二階に向かう。

摑まれた手は強くもなく弱くもない。声をかけられたときは鋭い目をしていたから、怒ったのかと思ったが、そんなことはなかったようだ。

ところが、ほっと息をついたのも束の間、二階に上がって少し歩いたところで思わぬことが起こった。

「あ……ッ⁉」

アモンは近場の扉を開けると、リリスの手をいきなり引っ張ってきたのだ。

自分たちの部屋はもっと廊下を進んだ先にあったはずだ。

彼もそれはわかっているだろうに、リリスはなぜか違う部屋に連れ込まれてしまっていた。

「……あの、アモンさま……。これはどういう……？」

「……」

「アモン……さま？」

「なんだ」

「い、いえ……っ」

さっきまでと全然違う。ものすごく顔が怖い。

――やっぱり怒っているの……？

ビクビクしていると、アモンは不機嫌顔でリリスの全身をジロジロと観察しはじめる。

不意にドレスの袖部分のレースに手を伸ばして若干の乱れを直し、首元から胸元、腰から裾までを細かく確かめていた。

「ずいぶん楽しそうにしていたな」

「え？」

「……別に」

何かを言いかけて口を噤んだアモンにリリスは困惑する。

「あ…あの……？」

「あんな顔でほかの男に笑いかけるなど、俺を嫉妬《しっと》させようとしていたのか？」

アモンはそう続けると、唇を引き結んで眉間に皺を寄せた。

それを目にした瞬間、リリスはごくっと唾《つば》を飲み込む。まさかという思いで、ふるふると首を横に振った。

「アモンさま、違うんです！　どうか誤解しないでください。私、浮気なんてしていませんん。先ほどの彼には、本当に部屋まで送ってもらうところだったんです」

「何を言ってる。そんなことは疑っていない」

「だって顔が……っ」

「俺の顔がどうした。見惚れるほどいい男と言いたいのか？」

「……、はい……」

「だったら、ずっと俺を見ていてもいいぞ」

「……はい」

会話が絶妙に嚙み合っていない。

むしろ違う方向に話がずれていたけれど、アモンとはいつもこんな感じになってしまう。

リリスは下手に彼を刺激したくなくて、ぎこちなく相槌を打っていたが、彼のほうはそんな気持ちにはまったく気づかないようだ。

いきなりリリスの首筋や肩、胸の谷間に顔を寄せると、強引に細腰を引き寄せて柔らかな膨らみに鼻先を押し付けてくる。

「ん……ッ、なっ、何を……」

「……臭《にお》うな」

「……っ」

「ほかの男の臭いがする。朝までは俺の匂いがついていたというのに」

「え……？」

「ほんの一時間程度離れていただけで、こんなに簡単に消えてしまうとはな……。老人と昔話に花を咲かせている場合ではなかった」

彼が何を言っているのかわからない。

臭《くさ》いのか臭くないのか、一体どっちなのか。

浮気を疑われていたのかどうかも理解できず、リリスはどんどん混乱していく。

アモンはリリスの胸元で鼻をひくつかせ、執拗に匂いを嗅いでいた。

エンパイアドレスだから谷間が見えてしまうのは仕方ないとはいえ、あまりの恥ずかしさにどうにかなってしまいそうだ。リリスは身を捩り、後ろに下がってアモンから少しでも距離を取ろうとした。

「どこへ行く。もっと嗅がせろ」

「あ…ッ」

しかし、半歩下がったところで、あっさり腰を引き寄せられてしまう。

動揺している間に、アモンはリリスを抱き上げてすぐ近くにあったソファに座らせた。

再び胸元に顔を寄せると、彼はリリスの股の隙間に手を差し込んでくる。そのままぐっと力を入れて脚を開かせ、自身の身体を割り込ませてきたのだった。

「や…ッ!?　ま、待ってください……っ」

「待てだと？　何秒だ」

「そういうことではないです！」

「なら、どういうことだ」

「今は昼間です！　外も明るくて、皆が起きている時間です。ここは私たちの部屋ではありませんし、誰かが入ってくるかもしれないじゃないですか」

「なんだ、そんなことを気にしていたのか。ここには誰も入ってこないぞ。今は掃除の時間ではないからな」

「え…、で、でも」

「大体、昼間の何が悪い。よく見えていいじゃないか。昨夜は暗くてほとんど見えなかったのだ」

「何を言って……っ!?」

「どうしても心配なら口を塞いでいろ。大声を出さなければ誰も気づかない。多少の喘ぎ声なら、部屋の外にまで聞こえやしない」

「んっ、ん…ぅ……」

何を言ってもアモンはまったく聞いてくれない。

ついには口づけをされ、強引に舌を搦め捕られてリリスはくぐもった声を漏らした。

なんて熱い舌だ。それに呼吸も乱れている。

——まさか、もう興奮しているの？　嘘でしょう……？

リリスは信じられない思いで、彼の湿った吐息を口の中で感じていた。

彼は本当にこんなところではじめるつもりなのだろうか。

熱の籠もった口づけを受け止めながら、リリスは目の動きだけで部屋の様子を確かめる。

見たところ、ここは特定の誰かの部屋ではなさそうだ。ベッドも見当たらず、ソファとテーブルが置かれているだけなので、所謂談話室のような場所かもしれなかった。

ならば、誰も入ってこないというのは嘘ではないかもしれない。

談話室は、主人やその家族が使う場所だ。掃除の時間でないなら、わざわざ使用人が入ってくることは考えづらかった。

「ンッ」

そうこうしているうちに、アモンはリリスのドレスの裾を捲り上げてしまう。

唇を離すと首筋や胸元に口づけられ、指先で円を描くようにして内腿を刺激される。

彼は床に膝立ちになって、割り込ませた自分の身体でリリスの脚をさらに大きく広げさせた。

「や、あ…っ！」

「リリス、これを持っていろ。いいか、このまま放すなよ」

「……え？」

すると、アモンは唐突に何かをリリスに掴ませる。

その何かとは、リリスのドレスの裾だった。

滑らかな生地だから、少し動くだけでリリスの太腿が隠れてしまうのが煩わしかったのかもしれない。

だからといって、なぜ自分がこんなことをしなければならないのだろう。

無意識に掴んでしまったことを後悔していると、彼は僅かに後ろに下がって内腿から中心に向かって指を滑らせ、ドロワーズの上から秘部の辺りを突いてきた。

「っあ…ぅ……ッ」

「いい反応だ。たった一日でずいぶん敏感になったな」

「変なこと…、言わないでください……」

「この程度で恥じらってどうするんだ。これからもっと恥ずかしいところを見られるのだぞ。ほら、少し刺激しただけで下着が湿ってきた。おまえのココはとても正直だ」

「……ッ、ひ……ぁ……」

アモンは指で秘芯を嬲《なぶ》りながら、リリスの羞恥心を徒《いたずら》に煽っていく。

どうして彼はこんな言葉を恥ずかしげもなく言えるのだ。

リリスは顔を真っ赤にしてドレスの裾をぎゅっと握り締めた。いろいろ言い返したい気持ちはあっても、中心を指で何度も突かれるうちに蜜が溢れてくるのがわかって何一つ反論できない。情けないことだけれど、彼との初夜で嘘のように身体が敏感になってしまっていた。

――もっと嫌悪感が募るものと思っていたのに……。

リリスは必死に声を押し殺し、浅い呼吸を繰り返す。

せめて何も感じたくないのに、どこを触られてもゾクゾクとした熱いものが込み上げてくる。あれほどアモンに苦手意識を持っていたはずが、彼の肌の感触を心地よく感じてしまう。自分でも恥ずかしいと思うほど、この身体はアモンの与える快感に弱かった。

「リリス、脱がせるぞ。少し腰を浮かせるんだ」

「あ…、や……」

「大丈夫だ。ドレスは脱がさずにいてやる。そうすれば、人の気配がしても慌てずに済むからな」

「……ン、ぁ」

「腰…、少しでいいから」

「ぁあ…、あ……」

ねだるように秘部を擦られて、リリスは熱い吐息を漏らす。

アモンはいつの間にかドロワーズの腰紐を解いていて、リリスが腰を浮かせればすぐにでも脱がせられるようにしていた。

これを脱いでしまったらどうなるのか……。

考えればわかることなのに、リリスはおずおずと腰を浮かせてしまう。

どうしても、アモンの言葉に逆らえない。

途端に彼はドロワーズの裾を強く引っ張り、リリスの下肢が見えたところで一気に引きずり下ろしてくる。足首の辺りで靴が引っかかったが、それも下着と一緒に脱がしてしまった。

「これがおまえの……」

「いや…、そんなふうに見ないでください……っ」

「はは、なんて淫らなんだ。もうこんなに濡れている」

「ンンッ、息…が……っ」

「今、ヒクついたぞ!?」

「や…ぅ」

「……くく…、いい眺めだ」

アモンは目を見開き、息を乱しながら邪悪な笑みを浮かべていた。

そんな彼の眼前にはリリスの秘部がある。

彼はドロワーズを脱がせたあと、再びリリスの脚を強引に開かせ、間近で秘部を観察しはじめたのだ。

リリスは握ったままのドレスの裾で自分の顔を隠す。

恥ずかしいのはもちろんのこと、アモンが喋るたびに息がかかってくすぐったい。

脱げば見られてしまうとは思っていたけれど、ここまで顔を近づけるのは予想外だ。

先ほどまで下着の上から触られていたから、濡れているのは自分でもわかっている。なんとかしてこれ以上反応しないように息を詰めてみたが、アモンの呼吸がますます乱れてリリスの秘所に熱い息がかかってしまう。

「ひ…っぁ……」

その直後、熱くぬめったものが秘部に触れた。

リリスは全身をびくつかせてか細く喘ぐ。あろうことか、アモンはピチャピチャと音を立ててリリスの中心を舐めはじめたのだ。

「ンっ、んっ、やめ…、やっ、あっ」

「……おまえの味がする」

「やぁっ、ふっ、ンッ、は……っく」

「舐めても舐めても…、こんなに……たくさん……」

アモンはぼそぼそ呟きながら、リリスの秘芯に息を吹きかけ、入り口に舌を捩《ね》じ込ませる。

あまりの羞恥に腰をくねらせると、舌を這わせられながら指まで差し込まれた。

彼はなんてことをしているのだ。

どうしたら、こんな恥ずかしい行為を思いつくのか。

さすがに堪えきれなくなって逃げようとしたが、指の腹で内壁を擦られた途端、力が抜けてしまう。頭の奥がビリビリするほどの快感が全身を駆け抜けていた。

「ひあぁあぅっ！」

「すごい締めつけだ」

「あっあっ、やぁ…あっ、っはん、あぅ、あっぁ」

声が我慢できない。

どうにかして抑えなければと思うのに勝手に出てしまう。

リリスはドレスの裾を口に押し当て、懸命に声を押し殺そうとする。

けれど、アモンは指を三本に増やした挙げ句、緩急をつけて刺激してくるから一層快感が募っていく。幾度となく果てた昨夜の記憶が頭の中で蘇《よみがえ》り、リリスは小さく息を震わせた。

「んっふっ、はっ、んん……っ」

このままではすぐに達してしまう。

リリスは、大きな波が押し寄せてくる予感に身を強張らせた。

「……ッやぁ……ッ」

だが、絶頂が訪れる直前でアモンは唐突に指を引き抜いてしまう。

何が起こったのか理解が追いつかず、リリスは悲鳴に似た嬌声を上げていた。

「あ…ぁ…、は……」

呆然とした状態で肩で息をしていると、彼はリリスの脚を抱えて身を起こす。

アモンはいつの間にか下衣を寛がせていて、ソファに膝をのせると、いきり立ったものをいきなり中心に押し当ててきた。呼吸を乱しながらリリスに覆い被さり、そのまま一気に奥まで貫いてくる。

「つはぅ…ッ、ああ、ぁ、あ、あ――…ッ」

「……ッ……ぅ……」

あまりにも性急な行為だった。

猛々《たけだけ》しい先端で最奥を押し上げられて苦しかった。

それなのに、リリスの内壁は彼の熱を断続的に締めつけていて、今にも果ててしまいそうだった。

アモンは低く呻いて、苦しげに眉を寄せている。燃えるような眼差しでリリスを見つめると、腕に抱えた白い脚をさらに開かせ、大きく腰を前後させていった。

「っふっあぁ、っん、んんッ」

いきなりはじまった抽挿に、内壁が激しく擦られていく。

お腹の奥が切なくて、リリスの目から生理的な涙がこぼれ落ちていた。

限界間近だった身体には、強い刺激ほど快感になるのかもしれない。

がくがくと全身を揺さぶられ、リリスは振り落とされてしまわないようにアモンの首にしがみついて襲いくる絶頂に身悶える。微かな理性で彼の肩に口を押し当て、自分の嬌声が部屋の外に漏れないようにするのが精一杯だった。

「ンッンッ、んんっ、ン、……ッ、んんっ、ん――…ッ」

どうしてこんなに簡単なのだろう。

情けなく思いながらも、狂おしいほどの快感の波にどうしても抗えない。

内壁が断続的に痙攣し、リリスはぶるぶると背筋を震わせる。呆気なく訪れた絶頂に唇を震わせ、身体から力が抜けていきそうになったが、最奥を突かれてすぐさま現実へと引き戻されてしまう。

アモンは律動を一層速めて、リリスを強く掻き抱く。

奥のほうをかき回しながら、わざと弱い場所ばかりを擦り上げていた。

それは、達したばかりで敏感になった身体をさらに追い詰めようとする行為だった。

「……ぃや……、やっ、んっ、あぅ…っ」

「嫌…？　何が嫌だ」

「ふぁ…っ、あ…、あ…、もっとゆっくり…、してください……っ。ソコばかり擦らないで……っ」

「何を言ってる。イッたばかりで、こんなに締めつけておいて。この俺が気づいていないと思ったか」

「やっああっ、ンン……ッ」

「く…っ、ずいぶんいい反応じゃないか。まだまだ余裕そうだな。このまま俺の精を受け止めてもう一度果てるといい」

「ひ…んんぅ――…」

息を乱しながら耳元で低く囁かれると、お腹の奥がぞくぞくとしてしまう。

骨が軋《きし》むほどきつく抱きしめられ、律動のたびにいやらしい水音が部屋に響き渡っていた。

ソファの背もたれに身を預けていたリリスの身体は、激しい突き上げで徐々にずり上がっていく。

余裕なんてあるわけがない。

感じるところばかりを的確に刺激されて、内腿がびくびく痙攣している。

全身が燃えるように熱くてどうにかなってしまいそうだった。

——こんなにされたら、私……。

リリスは喉をひくつかせ、アモンの腰に自分の脚を巻きつける。

もはや自分が何をやっているのかもわからない。これでは自分から彼を求めているようなものだろう。アモンの欲望に火を付けるような真似をしているとも知らず、無意識のまま腰を揺らしていた。

「くそ…、もう…だめだ……っ」

「んっんっ、ンッ、ぁ、ひぁ…ぁ……ッ」

少しずつ目の前が白んで、意識が混濁《こんだく》していく。

耳たぶを甘噛みされ、アモンが息をするたびに肌に熱風がかかって、それが全身に広がっていくようだった。

もしかして、彼も限界が近いのだろうか。

だからあんなに性急に動きはじめたのだろうか。

頭の隅でぼんやり思いながら、リリスは彼の熱を何度も締めつける。熱い息が耳の辺りから頬にかかって、そんな刺激さえたまらなく気持ちよかった。

「い…あっ、あぁっ、っふ、ン…、アッ、ンっんっ」

「もっと、もっと近くに……っ、リリス……ッ」

「っふ、あ、やっ、アモンさま……っ！　も…、だめ……、だめ……、もう我慢できな……っ」

「大丈夫…だ……。俺も一緒に……っ」

「あ、あ、あ、あああああ——……ッ！」

「——ッ」

リリスはつま先をぴんと伸ばし、アモンに必死でしがみつく。

声を抑えることも忘れて、喘ぎ声が部屋に響き渡る。一瞬のうちに快感の渦《うず》に呑み込まれ、抵抗することなく頂《いただき》へと誘われていった。

「あぁ…、ああ……ぁ、……ああ……」

「リリ…ス……ッ」

ややあって、再び内壁が断続的に痙攣しはじめたことで、アモンも堪えきれなくなったのだろう。掠れた呻きを上げてぶるっと背筋を震わせ、リリスの身体を小刻みに揺さぶりながら淫らにひくつく最奥めがけて吐精した。猛りきった熱は果ててもなお静まらず、しばらくの間、リリスの中でどくどくと息づいているのがわかるほどだった。

「……んっ、んっ……は、…ぁ……っ」

もう力が入らない。

頭の中も靄《もや》がかかったようで、まともに働かない。

リリスはぐったりとソファに身を預けて胸を上下させる。

アモンのほうもなかなか息が整わないようで、リリスの首元に顔を埋めて肩を揺らしていた。

「リリス……」

「……ん……、う…ぅ……」

しかし、彼はそれから数秒もしないうちに顔を上げると、荒々しい息づかいでリリスに口づけてくる。

当たり前のように舌を差し入れられて、歯列や上顎を蹂躙《じゅうりん》してから小さな舌を搦め捕られていた。

リリスは呼吸ができなくて苦しかったが、抵抗する力もない。くぐもった声を漏らし、黙って受け止めるしかなかった。

やがて、アモンの唇が離れて間近で見つめ合う。

熱の籠もった眼差しに、微かにリリスの胸がざわめいた。

——どうして、そんなに嬉しそうにしているの……？

どうして、そんな目で見るの？

アモンは頬を緩めてリリスの唇をぺろりと舐める。

小さく喘ぐと、彼はくすりと笑って果実のような唇を指先でなぞっていく。

情交の前は不機嫌だったのに、すっかり機嫌が戻ったようだ。

優しい手つきで唇に触れられ、リリスはわけがわからず瞬きを繰り返す。

少ししてアモンは指の動きを止めて、何かを思いついた様子でニヤリと笑った。

「リリス、これからは、俺の目の届く範囲で過ごすといい。そうすれば寂しくないだろう」

「……え？」

「わかったか？」

「は、はい……」

間近で言われて、リリスは反射的に頷いてしまう。

その一方で、頭の中は疑問符でいっぱいだ。

——アモンさまの目の届く範囲って……？

一人考え込んでいると、アモンは愉しそうに口端を歪めた。

「……ッ」

なんだろう。どこかで見た表情だ。

そのときは彼がどういった目的でそんなことを言い出したのかはわからなかった。

けれど、昔、リリスが落馬したときに一瞬目にしたアモンの笑顔と重なって、背筋がぞくっとするのを感じたのだった。

第四章

――アモンの治める公爵領では、彼のことを悪く言う人はいない。

しかし、彼は国王の弟であり、生まれつきの権力者だ。

彼なら見せかけの評判を作ることもできるだろう。悪い噂を立てた者には罰を与えて黙らせている可能性もある。

リリスは結婚当初、そんなふうに考えていた。

なぜなら、リリスはアモンに対してずっと苦手意識を持っているからだ。

初対面のときから振り回されっぱなしで、いい思い出などまったくない。嫌がらせとしか思えないようなことばかりされてきたから、彼と結婚する日が来るなんて微塵《みじん》も考えていなかった。

どう考えても、自分はアモンに好かれていない。

どの道、自分は数多《あまた》いる婚約者の一人でしかないのだから、いずれ飽きてくれるだろうとじっと時が過ぎるのを待っていたのだ。

それにもかかわらず、何がどうなってこうなったのか……。

気づけばアモンと結婚して一か月が経ち、多少はここでの生活にも慣れてきたが、相変わらず首を捻る日々が続いている。その中でも、アモンに対する疑問は結婚当初より深まったと言っても過言ではなかった。

「——…ス、リリス」

「……、……う…ん……」

「リリス」

「…っは！」

それは、朝食後の執務室でのやり取りだった。

この時間は屋敷の中もとても静かで、アモンはひたすら何かの書類にさらさらとペンを走らせていた。

けれど、そんな様子を傍で見ていたリリスは何もすることがない。執務室の窓から降り注ぐ暖かな日差しも手伝って、うとうとしていたところをアモンに気づかれてしまったのだ。

「どっ、どうかしましたか？　アモンさま」

何度か名前を呼ばれ、リリスはハッとして椅子に座り直す。

取り繕うように笑みを浮かべると、アモンは苦笑気味に執務椅子の背もたれに身を預けた。

「退屈そうだな」

「えっ!?　いえ…ッ、そんなことは……っ」

ふるふると首を横に振るリリスだったが、図星をつかれて彼の目を見られない。

自分のスカートを整えたりしてその場をやり過ごそうとするも、アモンに見られているのがわかる。おそるおそる顔を上げると、彼はやれやれといった様子で肩を竦めた。

「少しだけ待っていろ。もうじき終わる」

「は、はい」

リリスが頷くのを見て、彼は再び書類に目を戻す。

その顔は真剣そのもので、いつものアモンとはまったく違う。

――今度はちゃんと起きていなくては……っ。

執務室にはペンを走らせる音が微かに響くだけで、二人の間に会話はほとんどない。

彼の仕事が終わるまでの間は、リリスにとって眠気との戦いの場になっていたが、これが彼との約束なのだから仕方なかった。

そうなのだ。

これが一か月前、『これからは、俺の目の届く範囲で過ごすといい』と彼が言った言葉の意味するところだったのだ。もっと突拍子もないことを企んでいるのかと思っていたから正直言って拍子抜けしてしまったが、アモンはあれ以来、リリスを常に傍に置いて執務室にまで連れてくるようになっていた。

とはいえ、見ているだけというのは、やはりとても退屈だ。

先ほどのようにうとうとしてしまうことは一度や二度ではなかった。

けれど、それほど苦に思っているわけではない。傍にいると今までと違うものが少しずつ見えてきて、驚くことも多かったからだ。

彼が執務室に来ない日はなく、とても真面目に執務に勤しんでいること、真剣に書類とにらめっこする姿に手を抜く様子はないこと、それから、『リリス』と『それ以外の者』では態度が違うこと——。

アモンはほかの人たちに対しては穏やかで物腰が柔らかく、指示をしても無理やり命令されたという印象を与えないようにしているのが見て取れる。それに対して、リリスには何をするにも強引さが目立ち、相変わらず会話にもズレが生じていた。

——どうしてこんなに違うのかしら……。

リリスは密かにため息をつく。

この一か月でアモンが皆から好感を持たれているのが嘘ではないとわかってきたが、自分との対応の違いに悶々としてしまう。彼にとって自分はなんなのかと、疑問は深まるばかりだった。

❀　❀　❀

その後、アモンが執務を終えたのはお昼になる少し前だった。

昼食にはまだ少し時間がある。かと言って、部屋に戻ってゆっくりできるほど時間があるわけでもなかった。

「――リリス、気晴らしに庭を散歩でもするか」

アモンは執務室の窓に目を向けると、リリスにそんな提案をしてきた。

結婚してから、ほとんど屋外に出ていない。庭に出ることさえ稀《まれ》だったから、リリスは嬉しくなって、なんの躊躇いもなく頷いていた。

「はい、行きます」

そんな反応に、アモンはおもむろに席を立って扉のほうへと向かう。

執務室の扉を開けると、リリスに部屋を出るよう促して、彼もそのあとに続いた。

「あぁ、そこの君、少しいいか？」

「あ、はいっ、アモンさま、ご用でしょうか！」

「これから、彼女と庭を散歩してくるから、何かあったら呼んでくれ。ミュラーにも一応伝えておいてくれるか？　心配させたくないのでな」

「承知しました。必ずお伝えいたします」

「ありがとう。では行ってくる」

「行ってらっしゃいませ」

玄関ホールに向かう途中、アモンはたまたますれ違った執事に声をかけていた。

穏やかで優しい微笑みを浮かべる彼の姿に、リリスもはじめの頃は別人を目にしたような衝撃を感じたものだった。

——ああしていると、皆が憧れる気持ちも少しはわかるのに……。

癖のない黒髪から覗く涼やかな金の瞳。

高い鼻梁に形のいい薄い唇。

そこにいるだけで人の目を惹《ひ》きつける存在感は、彼の中に流れる高貴な血によるものなのだろうか。

アモンと結婚するまで意識しなかった部分が否応なしに目に入ってくる。

自分にもあんなふうに接してくれればいいのにと、リリスは嬉しそうに答える執事を見て密かにそんなことを考えてしまうのだった。


「――ずいぶん暖かくなったな。風が気持ちいい」

「ええ、そうですね」

「夏が楽しみだ」

「はい」

それから、リリスたちはすぐに庭に向かい、のんびりした気持ちで空を眺めていた。

「ここの庭は季節ごとに変わる景色も美しいのだ。冬は一面の銀世界、春は色とりどりに花が咲き、夏は清々しい新緑に囲まれ、短い秋には銀杏の絨毯《じゅうたん》ができる。リリス、おまえもきっと気に入るはずだ」

「それはとても楽しみです」

いつになく、二人の会話が噛み合っている気がする。

たわいない話をしていることに、リリスは内心とても驚いていた。

――アモンさまと普通の話をしているなんて……。

しかし、そう思ったのはここまでだった。

アモンは不意に何かを思いついた様子で辺りを見回し、ニヤリと口端を引き上げると、隣のリリスに視線を戻した。

「リリス、久しぶりに俺の乗馬姿を見せてやろう」

「……え」

「そうと決まれば厩舎に急がなければな。リリス、こっちだ。のんびりしていたらすぐに昼食の時間になってしまうぞ」

「あ…っ、アモンさま……っ」

戸惑うリリスの手を引っ張り、アモンはぐんぐん進んでいく。

おそらく、その先に厩舎があるのだろう。

いつもの強引さに、リリスは思わず肩を落とす。当初の目的どおりに庭を散歩しているほうが遥かに気晴らしになったに違いなかった。

——だって、アモンさまの乗馬姿を見ているのは大変なんだもの。

結婚してからはこれがはじめてとなるが、それまでは彼がリリスの屋敷に来るたびに付き合わされたのだ。

リリスの周りをひたすら馬でぐるぐる回るだけという遊びを……。

一体、何が楽しいのだろう。

あの頃は、土埃《つちぼこり》で汚れて困るリリスを見て楽しんでいるのだと思っていたが、実際のところはよくわからない。なんにしても、このままでは高価なドレスが汚れてしまうのは確実だった。

「あのっ、アモンさまッ、お願いがあるのですが……っ」

「お願い？　なんだ」

「その…、今日は私も馬に乗るというのはどうでしょうか？　たまには変化を取り入れてみたいと思ったのです」

「……おまえも馬に？」

厩舎らしき建物が見えてきて、リリスは慌てて言い募った。

自分も乗馬すれば、そこまで汚れることはないはずだ。

昔、落馬したことがあったが、あのときの自分はまだ小さかった。

もちろん、嫌な思い出ではあるけれど、馬に乗ることまでトラウマになったわけではない。というより、あまり細かな部分を覚えていないというのもあるだろう。あれから練習をして、今では自分一人で乗馬ができるまでになっていた。

「アモンさま、だめですか？」

「そ…、それは……」

だが、アモンはなかなか頷いてくれない。

気のせいか、顔が強張って青ざめているようだ。

首を傾げると、彼はリリスからサッと目を逸《そ》らしてぎこちなく答えた。

「な…、ならば馬車は……どうだ？」

「馬車？」

「そうだ、それがいい。馬車に乗ろう」

「え、えぇ……」

「よし決まりだ。では御者を呼んでくる」

「……はい」

思わぬ逆提案にリリスがぎこちなく頷くとアモンは大きく息をつく。

──どうしてほっとしてるのかしら……。

もしかして、リリスも彼の馬に一緒に乗ると思ったのだろうか。

こちらとしては別々の馬に乗ることを想定していたのだが、それがちゃんと伝わらなかったのかもしれない。

そうだとしても、なんだか腑《ふ》に落ちない。リリスは御者を呼びに屋敷に向かうまっすぐな背中を不思議な気持ちで眺めていた。

それから少しして、アモンは御者を連れて厩舎に戻ってきた。

そのときはすでにいつもの彼に戻っていて、先ほどのぎこちなさはどこにもない。

リリスは妙にほっとして、促されるままに馬車に乗り込んだが、すぐにそれを後悔する羽目になった。

「ははは っ、もっと、もっと速くだ！」

「りょ、了解しました……っ」

「いいぞ、その調子だ！　こういうのもたまには悪くない。なぁリリス？」

「……え、えぇ……」

広大な庭を駆け回る一台の馬車。

ぐるぐるぐるぐる、もう何周したかわからない。

馬車に乗ろうと言うから、てっきり外出するのかと思っていたのにひたすら庭を回るだけなのだ。

アモンはそれなりに楽しんでいるようだが、こっちはそれどころではない。

はじめはゆっくりと走っていたのに、彼が御者に速く走るように言うからどんどん馬車の速度が増していた。

——あと何周するつもりなの？

景色が回る。目も回る。

ぐるぐるぐる、ぐるぐるぐるぐる……。

「……う……」

もう無理、まともに座っていられない。

空腹だったことも相まって、大量の唾液が口に溜まる。リリスは顔を真っ青にしてアモンの腕に凭《もた》れ掛かった。

「……ッ、リリス？　こっ、こんな場所で……っ。御者に見られたらどうする。部屋まで我慢できないのか……？」

「……ごめ…なさ……。我慢…、できないかもしれません」

「な、なに……。そんなにか？　なら、仕方ない……」

このまま馬車に乗っていたら、吐いてしまうかもしれない。

そういう意味での『我慢できない』だったのだが、アモンは違う意味で捉えたようだ。

狭い馬車の中でいきなり押し倒された瞬間、リリスは彼が盛大な勘違いをしていることに気づいた。

「ち…っ、違い…ます……ッ。気持ちが悪いんです……」

「……は？」

必死で声を絞り出して、リリスは小さく藻掻く。

すると、アモンはぱっと上体を起こして、顔を覗き込んでくる。

そこでようやくリリスの顔色が悪いと気づいたのだろう。彼は慌てて御者台に向かって声を上げた。

「馬を止めろ！　早く止めるんだ……ッ！」

「えっ!?　は、はい……っ」

御者にしてみれば、言われたとおりにしていたのに突然真逆の命令をされたのだ。さぞや困惑しただろうが、冷静さを欠くことなく上手に鞭《むち》を使いながら馬の速度を緩めていった。

ややあって、馬車の動きが完全に止まり、アモンはぐったりしたリリスを慌てふためいた様子でもう一度覗き込む。

「リリス、大丈夫か！」

「……っ……ぅ……」

「まさか、つ、つわりなのか……っ!?」

勘違いするにしても、どうしてこの状況でそうなるのか。

気持ちが悪いと聞いて真っ先にそう思うというのは、世継ぎを求めているということかもしれないが、今はそれを訂正するのも大変なのだ。

リリスは吐き気と闘いながら必死の思いで口を開いた。

「……ち…、が……ます……」

「なにっ、ならどうしたというのだ！」

「酔った…んです」

「酔った？　酔っ……た？」

「……馬車……。乗り物酔い……です」

「……ッ！」

これで伝わらなければどうしたらいいかわからない。

そう思いながら口元を手で押さえると、アモンの顔がみるみる青くなっていく。

さすがに今のでわかってくれたみたいだ。

アモンは躊躇いがちにリリスの背に腕を回して、そっと横抱きにした。

「すまない。すぐに屋敷に戻ろう」

「は…い」

「吐きたいなら我慢しなくていいぞ。あとのことは気にしなくていいからな」

「……は……ぃ……」

アモンが優しい。

まさかこんな言葉をかけてくれるなんて思いも寄らなかったから、これが現実かどうか疑いそうになる。

けれど、馬車を降りて屋敷に戻る間も、彼はリリスを優しく抱きかかえてくれていた。たびたび顔を覗き込んでは「もう少しだからな」と言って、心配してくれているのが伝わるほどだった。

――なんだか、泣きそう……。

そもそも、こうなった原因はアモンが作ったわけだが、こんなに優しくされるのははじめてで涙腺が緩んでしまう。

リリスは身体から力が抜けていくのを感じて、アモンの胸に身を預ける。

吐き気が収まったわけではなかったけれど、多少の揺れがあっても不思議と彼の腕の中ではそれ以上気持ち悪くなることはなかった。


「――アモン、久しぶりだな」

「……ッ!?」

ところが、屋敷に戻るや否や、玄関ホールで思わぬ人物に声をかけられる。

その人物はアモンを見るなり親しげに近づいてきたが、声をかけられた本人は目を丸くしていた。

おそらく、事前に何も聞いていなかったのだろう。

朦朧《もうろう》とした頭で周囲を見回すと、使用人たちが慌ただしく動いていた。

「おや…、顔が真っ青だね。つわりかい？」

その直後、金色の瞳に覗き込まれてリリスはびくりと肩を揺らす。

気分が悪そうだからそう問いかけただけなのだろうが、デリカシーのなさに既視感を覚えた。

「違うぞ、兄上。これは乗り物酔いだ」

――お兄さま……？

「そうなのかい？　それは大変だ。リリス、私のことは気にしなくていいから、ゆっくり休むといい」

やや癖のある黒髪。温和な顔立ちに優しい口調。

アモンと似ているようで、全体的な印象はかなり違う。

――まともにお顔を拝見するのははじめてだわ……。

リリスは小さく頷きながら、ぼんやり考える。

なんの先ぶれもなく来訪したその人物とは、アモンの十歳上の実の兄――国王バルドだったのだ。

❀　❀　❀

――その日の夜。

しんと静まり返った夫婦の寝室。

普段は一人で使うことのないベッドには、リリスだけが横たわっていた。

昼過ぎにここに運ばれてから、半日近く経っている。

いつの間にか日が暮れて暗くなった部屋の中では、規則正しい寝息が聞こえるだけとなっていた。

「……ん……」

そのとき、リリスの意識がふと戻る。

しかし、辺りは真っ暗で目を開けても何も見えない。

無意識に隣の気配を探ったが、誰かが眠っている様子もなかった。

——私、何して……？

リリスは、もぞもぞと身を起こして瞬きを繰り返す。

そのうちに昼間の出来事が頭に蘇ってきて、自分の胸に手を当ててみた。

あんなに気持ちが悪かったのに、すっかり治っている。

アモンに休むように言われて眠りについたのはなんとなく覚えているが、こんなに暗くなるまで熟睡してしまうとは思わなかった。

「アモンさま、まだ戻っていないんだわ……」

リリスはぽつりと呟くと、ベッドを下りる。

部屋に戻っていないということは、まだ起きているのだろう。今日は彼にとって特別な人が来ているのだから、遅くまで起きていても不思議ではなかった。

――確か、アモンさまが部屋に運んでくれたとき、居間にいると言っていたはず……。

リリスは素早く身を整えてから、急いで部屋を出ていく。

真っ暗なのは廊下も同じだ。

使用人も寝静まったあとのようで、どこを歩いても人の気配がない。

こんな真夜中に部屋を出たことがなかったから不気味でならなかった。

けれど、折角国王が自ら訪ねてきてくれたのだ。その弟の妻として、せめて今日中にちゃんと挨拶をしておきたかった。

――コン、コン……。

程なくしてリリスは居間に着き、遠慮がちに扉をノックした。

できる限り小さな音に抑えたつもりだが、辺りが静まり返っているからやけに大きく感じてしまう。

「……誰も出てこないわ。どうしよう」

少し待ってみるが、中から返事もない。

迷った末に扉に耳を当ててみると、微かに話し声が聞こえてきた。

ノックの音が小さすぎて聞こえなかったのだろうが、多くの者が寝静まった時間だと思うとあれより大きな音を立てるのには躊躇いがあった。

リリスは迷いながらも、そっと居間の扉を開く。

室内は、シャンデリアやそこかしこに置かれた燭台の灯りでとても明るい。

部屋の真ん中ではアモンとバルドがテーブルを挟んで向かい合う形でソファに座っていた。

見れば、テーブルにはいくつものワインボトルが置かれている。

空《から》になった容器は端のほうに避けているようで、少なくとも四本は飲みきったあとのようだ。

「兄上、この辺でやめておいたほうがいいのではないか？」

「はっはっはっ、私はまだまだいけるぞ！　久しぶりに会えたのだ。アモンももっと愉しめ！」

「愉しいは愉しいが……」

「そうだろう！　愉しいな、アモン！」

バルドは上機嫌でグラスのワインを飲み干し、それは愉しそうに酔っ払っていた。

そんなバルドに対して、アモンはやんわりと宥《なだ》めたりして結構冷静だ。

もしかすると、アモンのほうはあまり飲んでいないのかもしれない。会話の様子から、介抱役に回っているのが感じ取れた。

「ん、リリス？　起きていたのか」

「……あ」

なんとなく声をかけられずにいると、アモンが不意に扉のほうに目を向けてリリスに気づいてくれた。

「そんなところでどうした。こっちに来ればいいだろう」

「は、はい」

リリスはほっとしながら部屋に足を踏み入れる。

すると、アモンはすかさず自身の隣をぽんと叩いた。ここに座れと言っているのがわかり、リリスは小さく頷いて彼らのほうに近づいていく。

「乗り物酔いはもう治ったのか？」

「えぇ、すっかり治りました。休ませていただいたお陰です」

「そうか。ならよかった」

アモンはリリスの顔色を見ながら話しかけてくる。

その眼差しも声も驚くほど優しい。

――心配してくれていたの……？

なんだか自分の知る彼じゃないみたいだ。

こんな会話ができるなんて、夢でも見ているようだった。

「あ、あの…、陛下。昼間は申し訳ありませんでした。折角いらしてくださったのに、ご挨拶できず……」

「そんなこと気にしなくていいんだよ。よくなってよかったね」

「はい、ありがとうございます」

リリスの謝罪に、バルドは特に気にする様子もなく笑顔を向けてくれた。

なんておおらかな人だろう。緊張していたから余計に嬉しい。見た目と同様にバルドは穏やかな性格をしているようだった。

「では、リリス。……はい」

「え？」

「ほら、はい！」

緊張がやや緩んだところで、唐突にバルドが手を差し出してきた。

にこにこ笑いながら大きく頷き、リリスに何かを求めているようだがどうすればいいのかわからない。

――どういうこと？　何をすればいいの……？

こういった脈絡のない行動をするあたり、さすがアモンの兄といった感じだ。

リリスは戸惑い気味に自分の手を差し出してみる。

バルドはその手をぐっと摑んで、満面の笑みで握手をしてきた。

「リリス、これからよろしく」

「……あ…、こっ、こちらこそよろしくお願いいたします」

「よし、挨拶も済んだことだ。ここからは国王ではなく、アモンの兄として接してくれるか？　どうせなら愉しく酒を飲みたいからね」

「で、ですが」

「遠慮はいらないよ。君はアモンと結婚したんだ。つまり私の義理の妹になったということだ。皆がいるならともかく、ここには君とアモンしかいない。堅苦しく『陛下』などと呼ばないでほしいね」

「ではなんとお呼びすれば……」

「バルド兄さま、というのはどうだい？」

「……ッ、そ、それはさすがに」

「ははは、ならバルドと呼んでくれ。それで決まりだ」

「バ…、……バルド……さま……」

「まぁいいだろう。悪くない」

なんということだ。アモンの兄がここまで気さくな人だなんて思わなかった。

酒に酔ってはいるが、呂律《ろれつ》が回らないといったこともないので、この場の勢いで言っているわけではないだろう。

リリスはバルドの様子を確かめながらソファに腰掛ける。

ふと、隣に目を向けると、アモンがにやにや笑ってこちらを見つめていた。

「驚いたか。兄上は少々人との距離が近いのだ。もちろん、誰に対してもというわけではないが」

「そうなのですね……」

「気に入られたとでも思っておけばいい。すぐに慣れる」

「……わ、わかりました」

そうは言っても、相手は国王だ。

すぐに慣れるとは思えなかったが、ここで何か言っては楽しい雰囲気が台無しになってしまう。そう思って、大人しく頷いていると、バルドはそんな自分たちの様子を目を細めて眺めている。グラスにワインを注ぎ、軽く揺らしながらぽつりと呟いた。

「なんだか懐かしい気分だ」

「え？」

「実を言うと、リリスの父上…、ギルバートには私が子供の頃にずいぶん世話になったんだ。彼が王宮に来るたびにさまざまな遊びに付き合ってもらった。リリス、君はギルバートと同じ目をしているな。澄んだ緑の瞳が優しくて、ついつい甘えたくなってよく困らせたものだ」

「陛…、バルドさまと父がそんなに親しかったなんて……」

「あぁ、だから彼が亡くなったときは残念でならなかったよ。君の母上、エメルダ夫人とはとても仲がいい夫婦だったと聞く。かわいい娘を残していったことも、さぞや心残りだっただろう。……エメルダ夫人は元気かい？　二人の結婚式に来ていたというが、すぐに帰ってしまったようで会えなかったんだよ」

「え、は…っ、はい、その…、母は元気にしています」

「そうか。それならよかった」

思いがけず父の昔話を聞けて胸に熱いものが込み上げていたところに、いきなり母の話になって動揺してしまった。

——まさか、お父さまが亡くなって半年もせずに愛人を作ったなんて言えないわ……。

今の話の感じからするに、バルドはそのことを知らないのだろう。

たぶん、アモンが何も話していないのだ。ハワード家で内々にしていることだからと配慮してくれたのか、それとも単純に話したくないだけだったのかはわからない。アモンはリリスの実家を訪れたときにパトリックと鉢合わせしても話そうとはしなかったので、あまり好意的な感情を持っていないのは確かだった。

なんにしても、アモンが話していないことを自分が言うべきではない。

いい話ならともかく、これが世間に広まれば醜聞になると、リリスでも想像できることだった。

そのとき、再び視線を感じてリリスは隣に目を向けた。

アモンと目が合って反射的に身構えたが、彼は僅かに首を傾げてくすくす笑っているだけだった。

彼も少しは酔っているのだろうか。目元が少しだけ赤くなっていて、いつもより表情が緩んでいた。

「しかし、改めて見ると、アモンは本当にいい男に育ったものだ」

「……なんだ兄上、藪《やぶ》から棒に」

「いや、月日の流れは早いものだと思ってな。ほんの少し前まで、こんなに小さかったというのに……」

「少し前って、いつの話だ。俺はもう二十歳だぞ」

「そんなの決まってるだろう。おまえがよちよち歩きの頃だ」

「な……っ」

バルドは身振り手振りを交えて『よちよち歩き』を表現していた。

そんなに昔の話をしはじめるとは思わなかったのか、アモンは珍しく顔を引きつらせている。バルドはそれに気づかない様子で、目を潤ませながらリリスに語りかけてきた。

「リリスも知りたいだろう？　アモンの昔話を……」

「はっ、はい……」

「――そう、あれは今から十七年前のことだ。リリス、私たちは父と母を早くに亡くしていてね。私は十三歳、アモンはまだ三歳だった……。私はアモンの兄として、時に父として母として成長を見守ってきたんだよ」

「……え」

「かわいかった……。そして、天才としか言いようがないほどアモンは賢かった。急遽王位を継いで気疲れしていた私の心をどれだけ癒やしてくれたことか。アモンはどんなことでも一度教えれば覚えてしまうんだよ。すごいだろう？　私が褒めれば満面に笑みを浮かべてくれたよ。キラキラした金色の瞳で見つめられて誰もが頬を緩ませたものだ。ミュラーもアモンにはデレデレでね。私とミュラーとでどちらがアモンを喜ばせてあげられるか競い合ったこともあった。ああいうのをなんと言うのか……。楽園、そう楽園だ。アモンがいた頃の王宮は特別な時間が流れていたんだ。リリス、君ならこの気持ちがわかるだろう？」

「……えっ、えぇ……」

リリスは内心、頭を抱える思いで頷いていた。

バルドはアモンを天使の如《ごと》く語っているが、リリスと出会ったときの彼はどちらかといえば悪魔の子のようだった。弟がかわいくて仕方ないというのは伝わるものの、同意を求められても正直言って困ってしまう。

――はじめて聞く話ばかりで新鮮ではあるけど……。

今の話を聞けば、兄弟仲がいいのも納得だ。

先代の国王と王妃が早くに亡くなったことが二人の絆を一層深めたのだろう。結婚式に出席してくれたバルドは国王の顔をしていたが、今は弟想いの兄の顔をしていた。

「兄上…、そこまでにしてくれ……」

「何を言うんだ。この程度は序章でしかないぞ」

「いや、もう十分だ」

「いやいや、こんなものでは終われないね。アモンがどんなに愛されて育ったのか、もっとリリスに伝えなくては！」

「あ、兄上……」

どうやら、アモンはバルドの話がかなり恥ずかしかったらしい。

自分の手を目元に当てて感情を隠していたが、バルドのほうは話し足りないといった様子だ。

「リリス、わかるかい？　アモンは皆にとって太陽のような存在なんだよ」

「は、はい……」

「信奉者も多く、ミュラーなどはその筆頭だ。彼はアモンに一生仕えたいと言って、これまでの地位を捨てたほどでね。今のアモンは守る必要もないほど強い男だが、人に『仕えたい』と思わせる魅力を持っているのだろう。いや、別にこれは焼きもちではなくてだね。私は少し心配なんだ。アモンが傷つくようなことがあれば、きっと周りは放っておかない……。ミュラーなんて、アモンのためならなんでもしそうじゃないか。彼の場合は過去の贖罪《しょくざい》のつもりで、アモンについていった部分もあるのだろうが……」

そう言うと、バルドは不意に立ち上がってアモンの傍までやってくる。そのまま床に膝をつき、アモンが目元に当てていたほうの腕をおもむろに撫ではじめた。

「な、なんだ兄上、何してるんだ？」

「もう痛くはないのか？」

「え？」

「右の腕だったな。怪我をしたのは……」

「……ッ」

その瞬間、アモンの表情が僅かに強張った。

怪我？　どういうことだろう。

リリスが眉を寄せると、バルドがため息交じりに教えてくれた。

「ずいぶん昔にアモンは腕を骨折して王宮に戻ってきたことがあったんだ。一か月ほどで完治はしたが、あのときは外出禁止令を出そうと思ったほどだった。今思い出しても寒気がする。ミュラーがついていながらどうしてあんなことになったのか……」

「兄上、ミュラーは関係ない。あれは俺の不注意だと言ったはずだ」

「それは何度も聞いたが……」

「……この話はここまでにしよう」

「アモン、気を悪くしたのか？」

「いや…、そんなことはない。兄上が俺の身を案じてくれているのだと感謝している」

「そう思ってくれるか」

今の話は、いつ頃のことなのだろう。

リリスは黙って話を聞いていたが、その時期がわからない。

ミュラーを伴《ともな》って外出していたことを思うとそれなりに成長してからだろうが、リリスは彼が骨折したなんて聞いた覚えもなかった。

――私と出会う前の話かしら……。

初対面のとき、アモンは十二歳だったはずだ。

それより前だとしても、バルドの心痛は計り知れない。これほど溺愛している弟が大怪我をしたとあってはさぞや大事《おおごと》だっただろう。ミュラーが王宮を離れてアモンに仕えるきっかけになったというのも頷ける話だった。

「ところで、兄上。夜も更けてきたことだし、そろそろ寝たほうがいいのではないか？このままでは朝食の時間に起きられなくなるぞ」

「あぁ、そうだな。折角お忍びで来たのに寝過ごしてはもったいない」

「やはりお忍びだったか」

「ははは、しばらくここにいるぞ。ゆっくり羽を伸ばすつもりだ」

「では俺もそのつもりでいよう。兄上、客間まで歩けるか？　俺もついていく。ミュラーは先に休ませてしまったからな」

「すまないな」

バルドは笑顔で相槌を打ちながら、ふとリリスのほうに目を移す。

首を傾げると、バルドは目を細めてゆっくり立ち上がった。

「リリス、アモンをよろしく頼んだよ」

「……は、はいっ」

リリスもぱっと立ち上がり、反射的に頷いてしまう。

すると、それを見ていたアモンの口元が柔らかく綻《ほころ》び、思わず見入ってしまった。

「では、リリス、俺はこれから兄上を客間に送ってくる。おまえは先に部屋に戻っているといい。まだ体調が万全ではないだろうし、俺を待っている必要はないからな」

「わかりました」

アモンはリリスに声をかけると、バルドを支えながら居間を出ていく。

やはり今日のアモンはいつもと違う。酒が入っているというのもあるだろうが、昼間の彼も驚くほど優しかった。

——なんだか、アモンさまとの距離が近くなったようだわ……。

そんなことを思いながらリリスは二階の寝室に向かい、少ししてからアモンも戻ってきた。

そこからは、ぽつりぽつりと会話する程度で、互いに寝衣に着替えるとすぐにベッドに横になったが、彼はリリスの体調を気遣っているのか何もする気配がなかった。

「アモンさま、お二人はとても仲のいいご兄弟なのですね」

「……あぁ」

「羨ましいほどでした」

「……、……そう…か……」

「ところで、腕に怪我をされたのは、アモンさまが何歳くらいの…——」

「……、……」

アモンが優しかったから、多少浮き立っていたのだろうか。彼のほうはとぎれとぎれに返すだけだったが、リリスはいつになく饒舌《じょうぜつ》になっていた。アモンのことをもっと知りたいという気持ちもあったかもしれない。

しかし、骨折のときの話を聞こうとしたところで規則正しい呼吸音が耳に届く。

隣を見るとアモンはすでに眠りに落ちていた。

何時頃から飲んでいたかは知らないが、彼も疲れていたようだ。リリスが居間を出るとき、柱時計は深夜一時を指していた。

「……おやすみなさい」

リリスはくすりと笑って、彼の寝顔をじっと見つめる。

アモンと出会ってから、こんなに穏やかな気持ちになるのははじめてだ。

そんなことを考えているうちに段々と瞼が落ちていく。

あれだけ寝たにもかかわらず、眠くて仕方ない。その日の夜は、今まで感じたことがないほど心地いい眠りにつくことができたのだった――。

第五章

「――なんだ、兄上はまだ起きてこないのか」

一国の王であるバルドがお忍びでやってきた翌日、アモンとリリスが朝食のために大食堂に来てもその姿はどこにもなかった。

執事に聞くと、まだ寝ているのだという。

昨夜はずいぶん遅くまで起きていたうえにバルドはかなり酒を飲んでいた。

王宮から公爵領に来るにはそれなりの距離があったはずだし、疲れていただろうからこうなるのも無理はない。お忍びとはいえ、数名の従者はつけてきたようで大食堂の入り口付近では見知らぬ男たちがバルドを待っているようだった。

「リリス、兄上はここに来ると毎回寝坊するんだ。困ったものだな」

「まぁ…、ふふっ」

呆れた様子でため息をつくアモンを見て、リリスは思わず吹き出してしまう。

ものすごく実感の籠もった言い方をするものだから、大食堂でぽつんと待たされている彼を想像してしまったのだ。

口元を押さえて笑いを堪えていると、アモンは驚いた顔をして瞬きを繰り返す。若干照れくさそうに目を伏せ、彼はテーブルに置かれた紅茶のカップを手に取りごくごくと飲み干した。

——今日のアモンさまも、昨日と同じだわ。

これまでの意地悪な彼はどこに行ったのだろう。

ずっと苦手意識を持っていたのに、不思議なほど近くに感じる。アモンの一挙手一投足にびくびくしていたのが嘘のように平穏な朝だった。

「アモンさま、リリスさま、おはようございます」

すると、そこへミュラーがやってきた。

彼はいつものようににこやかに挨拶すると、アモンのほうに近づいていく。

その光景は普段と同じだったが、リリスは若干の違和感を覚えた。

——ミュラーさんの表情が少し硬いような……？

ミュラーはアモンの傍で立ち止まっても、それ以上は口を開こうとしない。

いつもなら食事が運ばれるまでの間はたわいない話をしたり、朝食の献立を伝えたりしているのにそれすらないのだ。

「どうした、ミュラー。何かあったのか？」

「……あ、その…、いえ……」

アモンも異変を感じたようで、ミュラーに問いかける。

だが、ミュラーは歯切れの悪い返しをするばかりでなかなか答えない。

――どうしたのかしら……。

リリスが様子を窺っていると、不意にミュラーと目が合った。

彼はきょとんとするリリスからアモンに目を戻し、一拍置いて躊躇いがちに答えた。

「アモンさま…、お客さまがいらしております」

「客だと？」

「申し訳ありません……」

「……？　なぜ謝るんだ」

「それがその、急を要する事情がおありのようで、すでにあちらに……」

ミュラーは話をしながら、大食堂の出入り口のほうに目を移す。

アモンとリリスもその視線の先に顔を向けた。

「――ッ!?」

その直後、リリスは目を見開いて肩をびくつかせる。

息を呑んで、思わず席を立ち上がっていた。

「お…じさま……、ニック……」

大食堂の出入り口に佇む二人の姿。

そこにいたのは、母の愛人パトリックとその息子のニックだったのだ。

どうして二人がここにいるのか。ここにいるはずのない二人の存在にリリスは激しく動揺していた。

「おや、お客人か。ミュラー、なぜ彼らを中へ案内しないんだ？」

「……ッ！」

そのとき、二人の後方から聞き覚えのある声が響く。

――よりによって、このタイミングで……。

身を固くしていると、大食堂の出入り口にバルドが姿を見せた。

名指しされたミュラーは硬い表情のまま、その場を動けずにいる。

リリスも固まった状態で頭が真っ白になってしまっていた。

そんな皆の姿にバルドも違和感を覚えたのだろう。数秒ほど沈黙したあと、パトリックとニックを交互に見ながら疑問を投げかけた。

「君たちは、どこの誰だね？」

バルドからしてみれば初対面の相手だ。

一人は二十代後半と見られる優男《やさおとこ》、もう一人はあどけない少年。

アモンに用があるのか、それともリリスに用があるのか、それさえわからない。素性を確かめなくては判断しようがないと思うのは当然だった。

「……人に素性を訊ねるなら、まずは自分から名乗るべきでは？」

ややあって、パトリックは訝しげに眉根を寄せてそう答えた。

彼は彼で相手が誰かわからないのだ。

そうでなくても、起きたばかりで一層髪に癖がついてボサボサに近い状態でやってきた人が国王だなんて普通は思わないだろう。バルドが軽装でいることもあって、下手をしたら使用人と勘違いしている可能性もあった。

——どうしよう、謝らなくては……。

リリスは胃が痛くなり、みぞおち辺りを手で押さえた。

見れば、バルドの従者たちの顔色も変わっている。

国王への無礼な態度にぴりぴりとした緊張感が伝わってきた。

バルド自身も僅かに表情を引き締めていたが、この程度で目くじらを立てるほど小さな器ではなかったようだ。すぐさま人好きのする笑みを浮かべて、パトリックに手を差し出してみせた。

「これは失礼。私はバルド、アモンの友人です。ここには旅の途中で立ち寄って、昨日から滞在させてもらっているところです」

「……アモンさまの……友人……」

途端に、パトリックの顔色が変わる。

アモンの友人と聞いて、相手が貴族だと思い至ったのかもしれない。パトリックはバルドの言葉を小さく反芻《はんすう》すると、すかさず自分も手を差し出し、にっこり微笑みながら力強く握手をした。

「こちらこそ、失礼なことを言ってすみませんでした。私は…、リリスの叔父のパトリックです。この子は息子のニックです」

「リリスの叔父上……？」

「ええ、今日は彼女に話したいことがあって訪ねてきたんです。新婚ですし遠慮しようかと思ったのですが、そうもいかない状況で……」

パトリックは嘘を交えた自己紹介をして、困りきった顔で眉を下げた。

バルドがアモンの友人だと思っているからか、先ほどまでとずいぶん態度が違う。妙に気になる言い方をして、パトリックはリリスに目を向けた。

「リリス、よければ別の部屋で待たせてもらいたいんだが」

「え…っ」

「もちろん、朝食を済ませてからで構わない。どうしても聞いてほしいことがあるんだ」

突然の申し出にリリスは戸惑いを隠せない。

しかし、パトリックだけならまだしも、ニックも一緒に来ているのだ。

どう考えてもただ事とは思えない。『話したいこと』と言われて思い浮かべるのは、この場にいない母エメルダのことだった。

「ミュラー、リリスの叔父上を客間に案内して差し上げろ」

「……承知しました」

不意にアモンが低く命じ、ミュラーは静かに答えてその場を離れる。

大食堂の出入り口まで来ると、彼はバルドに一礼してからパトリックたちを廊下のほうへと促した。

パトリックは小さく頷き、一瞬リリスに目を向けたあと、ニックを連れて大食堂を出ていく。バルドはその姿を黙って見送っていたが、少ししてこちらに近づいてきた。

「おはよう、二人とも」

「……あぁ、おはよう兄上」

「お…、おはよう…ございます」

穏やかに挨拶されて、アモンとリリスもそれに答える。

けれど、リリスはどうしてもパトリックの話が気になって仕方ない。このままでは折角の食事も喉を通りそうになかった。

「一応、お忍びで来ているのでね。リリスの叔父上とは知らず、嘘をつく形になってしまった」

「別にこのままでいいんじゃないか？　リリスと話をすれば帰るだろうし、そうすればもう顔を合わせることもない。兄上の顔を知らないくらいだ、叔父上は王宮に来たことがないのだろう。いつか王宮で顔を合わせることがあれば、そのときにでも素性を明かせばいいと思うぞ」

「それもそうだな。では、そうするとしよう」

アモンはなんでもないような顔でそれぞれの嘘を受け流している。

バルドのほうもパトリックの嘘に気づくことなく、アモンの話に素直に頷いていた。

だが、リリスは二人のやり取りに反応することさえできない。

——一体、何があったのかしら……。

バルドはアモンのほうに歩を進め、彼の隣に腰掛ける。

ふと、アモンを見るとほんの数秒前とは打って変わって強張った顔をしていたが、リリスと目が合うと僅かに表情を和らげた。

「リリス、気になって食事どころではなさそうだな」

「あ……」

「……先に叔父上のところに行ってやるといい」

「ですが、お二人をお待たせするわけには……っ」

「俺たちのことは気にするな。兄弟二人での朝食も悪くないものだ」

「……っ、はい。ありがとうございます……」

それがアモンの気遣いだったのか、単にお腹が空いていたのかは定かではないが、リリスはその言葉に甘えることにした。

なんだか胸騒ぎがして仕方ない。

大食堂を出て客間に向かう間、リリスは気を抜くと駆け出しそうになってしまい、それを抑えるのが大変だった。

❀　❀　❀

「――やぁ、リリス、元気だったかい？」

「……ッ！」

それから程なくして、リリスが客間に姿を見せると、パトリックは笑顔を浮かべていきなり抱擁《ほうよう》してきた。

神妙な顔をしていたから急いできたのに、これでは実家にいた頃と変わらない。

――もしかして、騙《だま》されたんじゃ……。

リリスは内心動揺しながらパトリックを押し返す。

ニックも連れてきてそれはないと思いたい。部屋の中ほどに目を向けると、ニックは行儀よくソファに座ってこちらをじっと見ていた。

「おじさま、お話というのは……」

「いやぁ、しかし立派な屋敷だね。さすが国王の弟君だ。領地も桁違いに広いし、どの建物もしっかりした造りのものばかり……。少し前まで国王が公爵領も治めていたらしいけど、ここは都より人々の生活水準が高そうだ。先ほどの彼もだらしなく見えて、かなりいいものを着ていたな。アモンさまの友人というくらいだから、それなりの地位がありそうだね」

「……っ、おじさま、そういう話はあとにしてください」

「ここから見る庭の眺めも最高だ。豪華な噴水、美しい花々、手入れの行き届いた芝。ところどころに置かれた彫像はなんだろう。歴代の国王とか？　ここにいると一国の王になった気分になりそうだ」

「おじさま……っ」

リリスが話をしようと思っても、パトリックはなかなか本題に入ろうとしない。

窓の前に移動して関係ないことばかり楽しそうに話している。庭を見下ろして目につくものを指差しては、感心した様子で大きく頷いたりしていた。

これでは観光に来たみたいではないか。

まさか、本当は何もなかったのではないだろうか。

疑念を抱きはじめたとき、パトリックは不意にリリスを振り返る。

数秒ほど黙り込んだあと、彼はぐしゃっと前髪を掻き上げて苦虫を噛み潰したように笑った。

「そう目くじらを立てないでくれよ。これでも、君にどう話したらいいのか悩んでいたんだからさ」

「……どういうことですか?」

「さて、何から言うべきか。結論から話しても理解できないだろうし……」

「回りくどい言い方はやめてください。もしかして、お母さまがお怪我をしたとかご病気になったとかでは……」

「驚いた。意外と鋭いな」

「……ッ!?」

何かあるとしたら、ここにいないエメルダのことだろう。そう思って口にしたものの、あっさり認められてしまうと言葉もない。

リリスが立ち尽くしていると、パトリックはため息交じりに天井を仰いだ。

「まぁ、怪我は大したことなかったんだけどね。問題は、『おかしくなってしまった』このほうで……」

「え…？」

おかしくなってしまった？

意味がわからず、リリスは眉をひそめた。

すると、パトリックはソファに向かい、ニックの隣に腰掛ける。しばし俯いて考え込んでいたが、やがて思い切った様子で顔を上げた。

「今から二週間ほど前、突然エメルダが錯乱《さくらん》状態になってしまったんだ」

「……錯…乱…？」

「あぁ、屋敷の窓という窓を割ってしまってね。騒ぎを聞いて僕が駆けつけたときは、彼女はガラスの破片で怪我をしているのに、手当てしようとしても暴れて手がつけられなくて大変だったよ。もちろん、すぐに医者を呼んだけどね。怪我の手当てと突然錯乱した理由を知りたかったから……」

「そ…、それで……」

「原因は不明だそうだ。ただ、僕とニックを見たときだけ、なぜかエメルダの精神状態が不安定になってしまうようだった……。だから、彼女が落ち着くまではと、しばらく二人で屋敷を離れることにしたんだよ」

パトリックはニックに目を向けて盛大にため息をつく。

ニックのほうは唇を引き結んで下を向いていた。

よくよく見てみると、ズボンにしみができている。ニックが零した涙でできたしみだった。

——ニックが泣くなんて……。

こんなに痛々しい弟の姿は、これまで一度も見たことがない。

パトリックの話だけでは信じられなかっただろうが、ニックの涙を見てしまっては事実と受け止めざるを得ない。まだ五歳と幼いながらも、駄々を捏《こ》ねたり感情に任せて泣いたりすることがないほど我慢強い子なのだ。

「そういうわけだから、少しの間、僕たちをここに置いてほしいんだ。それと、多少の金を用立ててもらえるとありがたいんだが……。こんなことをリリスに頼みたくはないが、手持ちの金はほとんど使い切ってしまってね」

「……お金……ですか……」

彼らは困り切ってここに来たのだろう。

リリスを頼らないようにしていたが、そうもいかなくなってしまったのだ。

けれど、現実問題としてどれほどの支援が必要なのか、考えてもリリスには想像もつかなかった。

「あの…、多少というのは、どれくらいでしょうか？　私が自由にできるお金はそんなにないので足りるといいのですが……」

「何言ってるんだ？　彼に頼めばいいじゃないか」

「……彼？」

「君の夫、アモンさまだよ。僕のことはともかくとして、ニックを助ける義理はあるだろう？　国王の弟からすれば、はした金と言える程度だから大丈夫さ」

「そんな……」

リリスはただ、どの程度お金が必要か聞きたかっただけだ。

それなのに、アモンに頼めばいいと返されて言葉に詰まってしまう。

――そんなにお金が必要ということ……？

確かにアモンにしてみれば大した金額ではないかもしれないが、なんだかすごく嫌な言い方だ。

もちろん、ニックのことは助けたいし、できる限りのことをしてあげたい。

そうは言っても、こんなことをアモンに頼むのは躊躇いがあった。

「ひとまず、二人をしばらくここに置いてもらうよう頼んでみます……」

リリスは沈黙の末に、それだけ答えた。

「……そう…、よろしく頼んだよ」

パトリックはそれで一旦引き下がってくれたものの、納得したわけではなさそうだ。

即答を求められないいだけよかったのかもしれない。

そう自分に言い聞かせながらも、大食堂を出たときより胸騒ぎは大きくなる一方だった。

その後、リリスはすぐに客間をあとにした。

お金のことはひとまずおいておくとして、パトリックとニックを屋敷に滞在させてもらうことはすぐにでもアモンにお願いしなければならなかったからだ。

——なんて切り出したらいいのかしら……。

大食堂へは数分もあれば着いてしまう。

ゆっくりした歩調で時間を稼いでも、上手な言い回しが思いつかない。

考えてみると、リリスはこれまで誰かにお願いごとをしたことがほとんどなかった。

わがままと捉えられるのではないか、相手を困らせるのではないか、そんな気持ちがどうしても先に出てしまう。

父が生きていた頃からそういうところはあった。

父が亡くなってからは、さらにその傾向が強くなり、自分の気持ちを押し込めるようになった。エメルダがはじめてパトリックを連れてきたときも、心の中では激しい拒絶感を抱いていたのに何一つ言葉にできなかった。

「――おや、リリス、話は終わったのかい？」

「え？」

そのとき、突然前方から声をかけられた。

驚いてぱっと顔を上げると、廊下の向こうからバルドが近づいてくるところだった。

「バルドさ…、あっ、いえ、陛下」

「ははっ、わざわざ呼び直さなくてもいいじゃないか。ここにいる間は、バルドと呼んでくれ。私が受け入れているのだから、周りもそう受け止めるだけだ」

「は…、はい……。お食事はもう済まされたのですね」

「あぁ、少し前にね。君もお腹が空いたろう。アモンが君の分を取り置いておくよう料理長に頼んでいたから心配せずに行ってくるといい」

「アモンさまが……？」

「君のことをずいぶん気にしていたようだ。そういえば、今朝のアモンはずいぶん少食だったたな。食事を終えると早々に執務室に籠もってしまったが……」

バルドはやや眉を下げ、肩を竦めてみせた。

アモンが少食だったのは、パトリックとニックを気にしてのことだろうか。

突然押しかけてきたのだから気になるのは当然だ。

そのうえ、バルドはあの二人の素性を知らないのだから、話を合わせるだけでも気を使ったはずだ。

――まずはアモンさまに謝らなくては……。

リリスは胸元に手を当てて唇を引き締める。

間接的にアモンの様子を知らされて、申し訳ない気持ちになってしまった。

「ところで、彼らはもう帰ったのかい？」

「彼ら？」

「君の叔父上と従弟だよ。話が終わったから大食堂に戻ろうとしていたのだろう？」

「あ、えぇ…、一応話はしました……」

「一応……？」

なんと答えたらいいのだろう。

本当のことを言えば、アモンに迷惑がかかってしまうかもしれない。彼が何も話さなかったのは知られたくなかったからだろうし、リリスの家のことがばれるのを嫌がる気持ちもよくわかる。

だからといって、このまま何も答えないままではいられない。

リリスは焦りを募らせ、咄嗟に思いついたことを口にした。

「じっ、実は、あの二人はよく親子で旅をしているんです。今日はたまたま近くを通ったので、私の様子を見に立ち寄ってくれたみたいです」

「そうだったのか。仲のいい親子だな。……ん、だがその間、叔父上の奥方はどうされているんだ？」

「えっ⁉」

「あ…、もしや死別……」

「……ッ、そう…です。悲しみを忘れるためにああやって旅を続けて……」

「それは…辛いな……」

「それでその、折角なので何日か二人を滞在させてあげられないかと、アモンさまにお願いしようと思っていたところなのです」

　我ながら、なんて下手な嘘だ。

　パトリックが妻と死別したなんて、本人が否定すれば簡単にばれてしまう。

　――おじさまに話を合わせてもらうようお願いしないと……。

　アモンへのお願いもまだだというのに、無駄に問題を増やしたようで頭が痛くなってくる。

　せめてもの救いはバルドが親身に聞いてくれていることだが、何気なく視線を上げると思い切り目が合ってしまう。嘘をついた後ろめたさと、心の中を見透かされそうな金の瞳に心臓がドクドクと打ち鳴らされて、気を抜くと呼吸が乱れそうになった。

「では、私はこれで……。アモンさまにお話ししなければならないので……」

リリスはぎこちなく笑って、小さく頭を下げる。

バルドの視線を逃れるように横を通り過ぎようとしたが、少し歩を進めたところでぽつりと問いかけられた。

「リリス、叔父上と君は、あまり似ていないのだね」

「……ッ!?」

リリスは心臓が大きく跳ね上がり、その場で動きを止めた。

もしかすると、嘘が下手すぎて怪しまれたのかもしれない。

リリスは息を震わせながら、おそるおそる横を向く。

静かな眼差しにぎくりとさせられ、顔が引きつりそうになったが、バルドはすぐに朗らかに微笑んだ。

「気分を害したなら許してくれ。私は思ったことをつい口に出してしまうところがある。血縁同士だからといって必ずしも似るわけではないというのにな。あぁ、そういえば君も彼も髪の色は同じだ。叔父上はくすんだ金髪だが…、まったく似ていないということもなさそうだ」

「え、えぇ……」

「では、失礼するよ。急いでいるところを呼び止めて悪かったね」

バルドは納得した様子で、片手を上げて立ち去った。

遠ざかる後ろ姿を見つめながら、リリスはほっと胸を撫で下ろす。

どうやら、心配しすぎだったらしい。

リリスは深呼吸を繰り返すと、なんとか気持ちを整えてアモンのいる執務室へと向かった。


——コン、コン。

それから少しして、リリスは執務室の前にたどり着いた。

しかし、扉をノックしても、なかなか返事がない。中の様子を窺ってみたが扉越しでは物音一つ聞こえなかった。

——いないのかしら……。

首を捻りながら、リリスはそっと扉を開けてみる。

「リリスか？」

「は、はい……っ」

すると、ほんの少し扉を開けたところで中から声をかけられた。

びっくりして扉を大きく開けると、執務椅子に深く腰掛けたアモンがこちらをじっと見つめていた。

「話は終わったか？　食事は？　済ませてきたのか？」

「いえ…、食事はまだです」

「まだ？」

「アモンさまにお話ししたいことがあったので、先にこちらに伺いました」

「食事より大事なことなのか？」

「はい、お願いごと…なので……」

アモンの眉がぴくりと動いたのがわかり、リリスは身を固くする。

何かを察知したのか、彼は指先で肘掛けを何度も軽く突《つつ》いていた。

「……リリス、いつまでそこにいるんだ」

「ご…、ごめんなさい」

「謝れとは言っていない。早く俺の傍に来るんだ」

「はい……っ」

謝罪を窘《たしな》められて、リリスは慌てて彼のもとに向かった。

執務机の傍まで来ると、その隣に置かれた椅子におずおずと腰掛ける。

アモンは一連の動きを無言で見つめていたが、リリスが座ると同時に自分の椅子を向かい合うように移動させた。

「話とは、あの男とニックのことか？」

「……その……」

「正直に言ってみろ」

「そ…っ、それが……、母の精神状態が酷く不安定で、落ち着くまで二人で屋敷を出なければならなくなったようなのです」

「リリスの母上が……？　どういうことだ。今までもそういうことはあったのか？」

「いいえ、私の知る限り、そういうことは一度もありませんでした。あの人…、パトリックが言うには、ある日突然そうなったと……、なぜかパトリックとニックを見ると取り乱してしまうのだそうです。にわかには信じられない話でしたが、ニックが泣いていたのでまったくの嘘ではないと思います」

「ニックが……」

「ええ、あの子は滅多なことでは泣きませんから……。それでその…、図々しいお願いなのですが、しばらく二人をこの屋敷に滞在させてあげてほしいのです。いつまでというのは、今ははっきり答えられないのですが……」

　問われるままに事情を話すと、リリスは深く頭を下げた。

　自分の目で確かめたわけではなくても、ニックの涙を疑うことではできない。

そんな思いを胸にアモンの返事を待っていたが、彼は黙り込んだままだ。

おそるおそる顔を上げると、仏頂面のアモンと目が合う。

どう見ても、不機嫌顔だった。

――アモンさまの機嫌次第だと思っていたけど……。

だめだと言われたらどうすればいいだろう。お金のことなんて言うつもりはないが、たとえ必要に迫られていたとしても言い出せる雰囲気ではなかった。

「……どうしてもと言うなら、聞いてやってもいいが」

「いいのですか⁉」

「ただし、俺との約束はちゃんと守るんだ」

「約束…、はい、もちろん守ります！」

アモンの言う約束とは、『リリスが彼の目の届く範囲で過ごすこと』だ。

要するに、これまでしてきたことを続ければいいわけで難しい話ではない。

――怖い顔をしているから、てっきり怒ったのかと思ったわ……。

そういえば、怖い顔はもとからだった。

安心して大きく息をついていると、アモンは肘掛けに肘をついてじっとリリスを見つめてくる。その視線に気づいて首を傾げたところ、彼は自身の太腿をとんとんと指で突《つつ》いてみせた。

「あと二つ条件がある」

「……えッ」

「一つは、兄上に嘘をつき通すことだ。あの男はおまえの叔父で、ニックは従弟。俺もそのつもりで接する」

「え、えぇ、私もそのつもりで接するようにします」

リリスは密かに胸を撫で下ろす。もっと困るようなことを言われるかと思ったが、それほど難しい条件を出すつもりはなさそうだ。

「なら、問題ないな。では二つ目の条件に移ろう。まずは……、ここだ。俺のここに座ってからだ」

「ここ……？」

反芻しながら問いかけると、アモンはもう一度自身の太腿を指でとんと突く。

リリスはしばし考えを巡らせ、瞬きを繰り返す。

思い違いでなければ、『膝にのれ』と言っているように聞こえた。

「早くしろ。俺の膝にのって、自分からキスをするんだ」

「えぇっ!?」

「なんだ、その声は。嫌なのか？」

「いッ、いえっ、そんなことは……っ」

「だったら早くしろ。俺の気が変わらないうちにな」

「……は、はい……」

気が変わっては困る。

リリスは椅子から立ち上がり、ぎこちない動きでアモンの膝にお尻をのせた。

途端にアモンの腕が腰に回され、ぐっと身体を引き寄せられると、間近で見つめられる。

「早く」

「わ…かり…ました」

自然と声が掠れて息が震えてしまう。

まさかこんなことを条件にするとは思いもしなかったが、キスなんてもう数え切れないほどしている。これまで、キスをするときは決まって彼のほうからだったけれど、どちらからしたって同じはずだ。

リリスはアモンに顔を寄せ、そっと唇を重ねた。

温かくて柔らかな感触。

いつもと同じはずなのに、何かが違う。

――はじめて、私からしてしまった……。

なぜだか、無性に恥ずかしい。

自分の息がアモンの唇にかかることにも恥ずかしさを覚え、リリスはすぐにキスをやめて顔を背けようとした。

「違う、そんな軽いやつじゃない。ちゃんと舌も入れるんだ」

「そんな……っ」

「ほら…、もう一度だ」

「あ…、う……」

「リリス」

「……っ」

強く迫られてリリスの顔は朱に染まっていく。

しかし、どんなに恥ずかしくても、アモンが納得してくれないなら意味がない。

リリスはもう一度アモンと唇を合わせると、僅かに開いた彼の唇に躊躇いがちに舌を差し入れた。

「ん…、ん……」

いつも、彼はどんなふうにしていただろう。

リリスは頭に思い浮かべながら、彼の歯列から上顎を舌でなぞっていく。

そのまま彼の舌の上を舌先でやんわりと突いて、舌の裏で擦り合わせてみた。

すると、アモンの口の中がみるみる熱くなる。彼のほうもリリスに舌を絡めてきて、くちゅくちゅと互いの舌を絡め合う音が秘めやかに部屋に響きはじめた。

「あ…、っは……」

少しして、リリスは息が苦しくなって唇を離す。

呼吸を整えてからもう一度するつもりで、それ以外は考えていなかった。

だが、そこでアモンと目が合うや否や、ハッと我に返る。熱っぽい眼差しの奥に、彼の苛立ちが見え隠れしていたからだ。

「……ずいぶん煽ってくれる。そこまでして二人を助けたいのか。ニックのためだけならまだしも……。これまで自分から俺に迫ったことなど一度もなかったくせに……」

「アモン……さま……？」

「まぁいい、約束は約束だ。その代わり、これだけは言っておく。俺がおまえの願いを聞くのはニックのためだ。あの男のためじゃない」

「は…、はい……」

何が彼を怒らせてしまったのか……。

パトリックに対する嫌悪の感情が伝わってきたので、嫌々聞き入れてくれたことだけは間違いなかった。

――やっぱり一方的に頼むなんて虫がよすぎるわよね……。

リリスは急に冷静になって青ざめていく。

事の発端《ほったん》は自分の母親なのだ。

人に頼る前に、まずは自分にできることを考えるべきだった。

「あ…、あの…っ、一度、母の様子を見に実家に帰ってもいいでしょうか？」

「……なに？」

「直接会ってみなければわからないこともあると思うのです。もし何かの病気なら心配ですし、私を必要としてくれるならしばらく母の傍に……——、あ……ッ!?」

リリスは話の途中で小さな悲鳴を上げる。

突然アモンが立ち上がり、身体が宙に浮く感覚がした直後、執務机に押し倒されていたからだ。

「な…、何を……っ」

リリスは戸惑い気味に自分の状況を確かめる。

左右の手は彼の大きな手で組み敷かれ、脚の間に身体を割り込むようにしてのしかかられていた。

「その必要はない。俺のほうで遣いの者を出してやろう」

「で、ですが……」

「リリス、おまえは何も心配しなくていい。必要なら、義母上のために国中の名医を集めてやる。安心して俺にすべてを預けるといい」

アモンはそう言うと、服の上からリリスの胸を揉みしだく。

「あ…、あっ⁉」

リリスはびくんと肩を揺らして身を捩った。

だが、アモンはなんの躊躇いもなくスカートを腰まで捲り上げてしまう。

怪しい体勢だと思ってはいたが、いきなりここまでされるとは思わなかった。

これまでは二人きりで執務室にいても、こういった行為を求められることがなかったから油断していた。

気づけば、息をするのもままならないほどアモンに激しく口づけられていた。

「ンッ、ん…、んぅ」

「リリス…、今の話はこれで終わりだ」

「あ…ぅん、ンッ、ふ…っ……あ」

「……わかるか？　おまえが、俺をここまで煽ったんだ。あんなキスをするからこうなったんだ。きっちり責任を取ってくれるだろう……？」

アモンは口づけの合間に甘く囁き、リリスの中心に自身の腰を押し付けていた。

服越しだというのに、興奮した状態なのがわかるほど大きくなっている。何度もぐりぐりと股間を押し付けられ、リリスの顔はみるみる真っ赤になった。

——そんな、アモンさまがキスをしろって言うから……。

自分は彼の言うとおりにしただけで煽ったわけではない。

心の中でそう思いながらも、リリスは彼の口づけを大人しく受け止めていた。

アモンにしてみれば、すべてが面倒事でしかない。

パトリックもニックも、エメルダだって無視しようと思えばできるのだ。

ならば、自分は何ができるというのか。

今の自分には、これくらいしかできることがなかった。

「ひ、ぁ…っ」

リリスが身体の力を抜いた途端、アモンは性急な動きでドロワーズを脱がしてしまう。

間髪を容れず、秘所に指を突き立てられたが、すでに少し濡れていたようで痛みを感じるほどではない。しかし、いきなりだったから違和感が強く、無意識に身体が強張っていた。

その違和感もドレスを肩からずり降ろされて、むき出しになった乳房をしゃぶられているうちに徐々になくなっていく。内壁を指でかき回されて全身に快感がじわじわと広がり、リリスは吐息混じりに喘いでいた。

「は…、ぁあ……」

「……リリス、感じているのか？」

「んっ、あぁ…あ……っ」

「このまま、ここで最後までしてもいいか……？」

ここまでしておいて、なぜそんなことを確かめるのだろう。

そんなに興奮した目をして、優しさなど見せないでほしかった。

胸がズキズキと痛んで涙が零れそうになる。

頭の中に浮かぶのは、昨日から今朝にかけての優しい時間だ。

ようやくアモンとの距離が縮まったように感じはじめたばかりだったのに、どうしてこうなってしまうのだろう。

もうあんな時間は二度と来ないのかもしれない。ほかの人にするように自分にも優しくしてくれたことが本当はすごく嬉しかったのに……。

リリスは自分の気持ちがわからなくなり、それを誤魔化すようにアモンの首にしがみついて自ら唇を重ねた。

「リリ…ス……ッ」

「あっ、あっあっ、ああっ」

アモンは一層息を乱して、指の動きを速めていく。

いつの間にか、指を増やされて動かすたびにぐちゅぐちゅと淫らな音が響き、内側から蜜が溢れてくるのがわかるほどだった。

身体を開くのはこんなにも簡単だ。

結婚してから毎日のように抱かれているうちに、これが当たり前になっていた。

今では触れられるだけで肌がざわめいてしまう。淫らな目つきで見つめられると、それだけで濡れてしまう。

「……リリス、もっと脚を開いてみせろ」

「あぁっ、あぁぅ……っ、んっあっ、あっあっ」

「そう、もっとだ。……は…、たまらない光景だ。おまえのココが俺の指を飲み込んでいるのがよく見えるぞ。蜜を溢れさせて俺をほしがっているようだ」

「あっあっ、やぁ…ッ、アモンさま……っ」

「あぁ、わかってる。そう急かさずとも、すぐにくれてやる」

アモンは陶酔しきった様子でリリスの痴態を解説していたが、そんなことをわざわざ言葉にしなくても自分が一番わかっている。

けれど、羞恥心が募るほど快感まで大きくなっていく。

そんな姿を見られたくなくて身を捩ると、アモンは中心から指を引き抜いて素早く自身の下衣を寛げた。

「……あ……」

その直後、赤黒く怒張した彼の雄が飛び出し、リリスは小さく息を呑んだ。

アモンは満足そうに口角を引き上げ、先走りで濡れた先端を蜜で蕩けた中心に押し当てる。円を描くように入り口付近を刺激してから、リリスの脚を自分の肩に掛けさせると、細腰を摑んでぐっと自身の腰を押し進めてきた。

「あぁっ、ああぁぁあ……――っ！」

「……ぅ……ッ」

一気に最奥まで貫かれ、リリスは喉を反らして甲高い嬌声を上げた。

アモンのほうは固く目を閉じて低く呻き、細腰を摑む手が僅かに震えていたが、深く息を吐くと同時にゆっくり腰を前後させていく。

その動きは徐々に速度を増していき、狂おしいほどの律動になるまでそう時間はかからなかった。

「あっあっ、あっあっぁあ……ッ」

「……少し…、加減しろ。すぐに終わってはつまらんだろうが」

「ひんっ、あぁあッ、あっあっ、あああぁあっ」

「っく……」

抽挿のたびに二人の肌がぶつかる音が部屋に響く。

繋がった場所からは、耳を塞ぎたくなるほどの淫らな水音がしていた。

執務中に人がやってくることは滅多にないけれど、使用人が部屋の前を通り過ぎるくらいは普通にあり得るはずだ。

それなのに、リリスはこれ以上ないほど感じてしまっていた。

苦しげな声で咎められても、律動に合わせて彼を締めつけてしまう。

一種の背徳感だったのか、それとも奉仕のつもりだったのかは自分でもわからない。今もまだ胸の奥に僅かな痛みがあったが、見て見ぬ振りをして喘ぎ続けた。

そのうちに、アモンは熱に浮かされたような顔になって肩で息をしはじめる。

身を屈めてリリスに深く口づけ、柔らかな膨らみを両手で揉みしだきながら腰を振りたくっていた。

「ンッ、んっ、あっ、あぁっあ、あっあっ」

「リリス…っ、部屋中、おまえの匂いでいっぱいだ」

「んんっ、んんぅ……ふ、あっ、んぅ……っ」

「なぜこうも興奮するのか。おまえの中に出したくてたまらなくなる……っ」

「っは、ンッん、いぁああっ」

アモンはやたらと嗅覚が鋭いのか、たびたびこういったことを言う。

リリスにはよくわからない感覚だったが、ギラついた目で見つめられると、このまま食べられてしまいそうな錯覚を覚える。野性味溢れる獣というよりも、美しい毛並みの黒い猛獣だった。

「リリス…、リリス、もっと奥に……っ」

「あっあっ、あっあぁあっ！」

色っぽく眉をひそめる表情に目が釘付けになる。

乳首を甘噛みされ、腰を引き寄せられて熱い先端で最奥を執拗に突かれるたびに鋭い快感が全身を駆け抜けていく。小刻みに身体を揺さぶりながら、リリスの鎖骨や首筋、耳たぶに舌が這い回って、その感触にお腹の奥が切なく疼いた。

――こんなに激しくされたら、すぐに果ててしまう……。

下腹部がひくつき、リリスは湿った吐息を漏らす。

唇を震わせてアモンの首にしがみつき、迫り上がる絶頂の予感に身悶えした。

「や…あっ、あ…ぁ、も…、だめ…、あぁ……っ」

「もう……？　ずいぶん早い…な……」

「……ひっ、あっ、は……っ」

アモンはまだ達したくなさそうだった。

それが伝わったから、リリスは必死で我慢しようとしたけれど、どうしても内壁の痙攣が止まらない。抽挿のたびに淫らに締めつけていると、その刺激に彼のほうも堪えきれなくなったようだった。

「……く…っ、俺も…か……っ」

「あぁあっ、アモンさまッ！」

アモンは荒々しく息を吐き、リリスをきつく抱きしめる。

一層繋がりが深くなって意識が飛びそうになったが、彼は構わず腰を突き上げてきた。

リリスは無我夢中で彼にしがみつく。ひたすら彼の名を繰り返しながら、逆らうことのできない快楽の波に一瞬のうちに押し流されていった。

「あぁあっ、あぁぁあ――……ッ！」

「――……ッ」

狂おしいほどの絶頂に目の前が白んでいく。

がくがくと身を震わせ、理由のわからない涙が頬を伝っていた。

その間もアモンは夢中で腰を前後させていたが、断続的な締めつけに限界を迎えたのだろう。

耳元で低い呻きが聞こえた直後、最奥で熱いものが爆ぜたことが伝わってくる。

その後は一気に律動が緩やかになって、苦しげな息づかいを残して完全に動きが止まった。

「ンッ、……んっ、…はっ、は…っ、は……っ」

強く掻き抱かれた腕の中、リリスは激しく胸を上下させる。

息をするのも精一杯の状態で、呆然と天井を見つめていた。

しかし、それから少しして、先に息を整えたアモンがゆっくり身を起こす。

そこでリリスのあられもない姿に気づいて、彼は自嘲《じちょう》気味に息をついた。ドレスを胸元まで引きずり降ろされ、スカートを腰まで捲られて机の上で貫かれる様子は、一見すると乱暴されたあとのようだった。

「リリス、このまま抱き上げるぞ」

「あ…、は、はい……」

わけもわからず反射的に返事をすると、アモンはリリスを抱き上げてから執務椅子に深く腰掛けた。

リリスは彼の胸にぐったりと身を預け、平常時より速い心音に耳を傾ける。

なぜだか、すごく落ち着いた。アモンは乱れたドレスと髪を手で整えたあと、背中をぽんぽんと撫でている。

——どうしてこんなに優しく撫でてくれるの……？

リリスは、ただ身体を差し出しただけだ。

面倒事をすべてアモンに押し付けてしまったから、自分にできるのはこのくらいだと身体を開いたつもりだった。

それなのに、先ほどから胸が痛くて仕方ない。

彼の手がとても優しくて、それがやけに苦しかった。

このときのリリスはその感情の正体がわからず、罪悪感からくるものだと思っていた。

だから、彼がどんな気持ちで面倒事を引き受けたのか、まったくわかっていなかったのだ。自分たちが互いに抱く感情には根本的なズレが生じていることにも、何一つ気づいていなかった。

第六章

——数日後。

アモンは朝食を済ませると、その日もいつものように執務室に籠もっていた。

一日でも休むと書類が積み上がるため、それらを片付けるのが日課なのだ。

公爵として、これまで自分に課せられた責務をまっとうしてきた自負はある。

会いたいという者がいれば、できるだけ時間を作るようにしてきたし、結婚式の朝でさえ、日課を欠かさなかった。

昔から、皆が自分を褒め称えた。

誰もが自分に好意を向けていた。

そのことをずっと当然のように受け止めていた。

「ふ…、今日も完璧だったな」

すべての書類を片付けると、アモンは満足げにペンを置く。

執務が終わったあとは、いつも爽快な気分で満たされる。

自分は『できる男』なのだと自信が漲《みなぎ》り、執務室を出るときも高揚感でいっぱいになっていた。

「……あれは……」

執務室を出て少し廊下を進んだところで、アモンはふと足を止めた。

窓の外を眺めながら歩いていると、リリスの姿が目に入ったからだ。

彼女は広大な庭の中ほどにある噴水前に佇《たたず》んでいた。

その近くにはニックがいて、噴水の周りを走り回っている。

ニックはまだ五歳だ。大人しく見えても、好奇心旺盛な年頃だから活発に動き回るときもあるだろう。見たところ、リリスはニックが迷子にならないように傍で見守っているようだった。

「まったく、仕方のない……。俺との約束より、弟を優先するとはな」

アモンは呆れた口調でため息をつき、窓に寄りかかる。

彼女は今日、『急用ができてしまった』と言って執務室に来なかったのだ。

こんなことだろうと思っていたが、用事の内容を言わなかった理由がわからない。この程度で怒ると思われているなら実に心外だった。

「――アモン、そんなところで何をしてるんだい？」

「……ん」

二人の姿を目で追っていると、後方から声をかけられた。

ちょうど廊下を通りかかったのだろう。アモンが振り向いたとき、バルドがすぐ傍まで近づいてきていた。

「兄上か」

「執務は終わったようだね。庭を眺めていたのかい？」

「……まぁ、そんなところだ」

バルドはにこやかに笑いながら、アモンの隣に並んだ。

辺りを見回しても従者の姿はない。また一人で屋敷を歩き回って、一時《いっとき》の自由を満喫《まんきつ》していたようだ。

「兄上、従者たちが困っていたぞ。ここでは兄上を探し回るのが仕事になっていると」

「ははっ、こんなに羽を伸ばせる機会は滅多にないからな。いつでもどこでもくっつき回られては息が詰まるというものだ」

「なら、一言声をかけてやってくれ。居場所さえわかっていれば、彼らも安心するはずだ」

「わかったわかった。次からはそうしよう。今の私はアモンの友人ということになっているから、あまり過保護にされても困ると思っただけなのだ」

バルドは苦笑気味に頷き、肩を竦めてみせた。

パトリックとニックがいる手前、ぞろぞろと従者を引き連れるのは不自然だと言いたいのだろう。バルドは『アモンの友人』と自己紹介したことを今もそのままにしているからだ。

――俺の屋敷だと思って安心しているのだろうが……。

こんな自由な振る舞いは王宮ではできないだろう。

そうは思っても、庭先で何時間も昼寝をしていたり、使用人と薪割《まき》り競争をしたりというのは、少々自由すぎる気がしないでもない。バルドがここを訪れることは、アモンが公爵の地位を譲り受けてから何度かあったが、悠々自適に過ごす様子に従者たちも今回は特に困惑していた。

平和な国とは言っても、王宮は誰彼《だれかれ》構わず気を許せる場所ではない。

特にバルドは若くして国王になったということもあって、はじめの頃は周りからの重圧もかなりあったようだ。

だからこそ、バルドは殊《こと》のほかアモンに愛情を傾けてきたのかもしれない。きっと、たった一人の家族といるときだけが素の自分に戻れる唯一の時間だったのだ。もちろん、今は結婚して心を許せる相手はほかにもできたが、アモンといるときの気楽さとはまた少し違うようだった。

「おや、リリスとニックだ」

　バルドは窓から庭を見下ろし、ぽつりと呟く。

　二人の姿に気づくと、アモンに顔を向けてにやりと笑った。

「なるほど、アモンは彼女を見ていたのか」

「なんだ？」

「ふふ…、とぼけなくてもいいぞ。おまえの頬がな、遠目からでも緩んでいるのがわかるほどだったのだ」

「……ッ、無粋なことはやめてくれ……っ」

「いいではないか。私も結婚当初は似たようなものだったぞ」

「そ…、そうか……」

　アモンは口元に手を当て、バルドから目を逸らした。

　指摘されるほど頬が緩んでいたとは思わなかったから妙に気恥ずかしかった。

　──俺としたことが、リリスの前では出ないようにしなくては……。

　そんなことを思いながらも、庭にいるリリスを見るとすぐに頬が緩んでなかなか元に戻らない。

「それにしても、あの二人はずいぶん仲がいいのだな」

「え？」

「頻繁に会う機会があったんだろうか？　従姉弟同士とはいえ、リリスは小さな子供と接することに慣れているようだ。ニックは普段とても大人しいが、リリスと二人でいるときは活発だ。父親のパトリックにはどこか遠慮気味だというのに……」

バルドはそう言って、不思議そうに首を傾げている。

なかなか鋭い指摘に、アモンは密かに苦笑いを浮かべた。

実際は、リリスとニックは義姉弟だ。アモンと結婚するまでは一緒に住んでいたのだから、仲がよくても何も不思議ではなかった。

とはいえ、パトリックもニックもいまだにハワード家の一員と認められていない。

貴族の中でも名門のハワード家の一族には、リリス以外にも王族と姻戚関係を結んだ者がおり、そういった者の発言は自ずと影響力も伴う。要するにエメルダとパトリックの関係をよく思わない親類縁者に反対されているのだ。

エメルダ自身も、ハワード家とは遠縁にあたる家柄の出身だ。

それもあって、夫のギルバートが亡くなったあとは彼女が一族の後押しを得て侯爵の地位を一時的ながら委譲された経緯がある。一時的というのは、いずれ一族の男に爵位を継がせる意図があってのことだろうが、エメルダは夫の死後半年も経たないうちにパトリックと関係を持ち、子供までもうけてしまった。パトリックとニックがハワード家の一員になるには一族に認められる必要があるが、いまだに裏切り者とそしりを受けている現状ではなかなか難しいようだった。

——あの男も、愛人という自覚はあるようだしな……。

この屋敷をパトリックが訪れた日、彼は自分とニックの素性をバルドに偽って答えていた。公に認められていない身で迂闊《うかつ》な発言をすれば、ハワード家の親戚連中に知られた場合に突き上げをくらうかもしれない。あの嘘は、己の立場を悪くしないためでもあったのだろう。

アモンもまた、そのほうが都合がいいというのが本心だ。

リリスと結婚するにあたって、パトリックとニックのことをバルドに話さなかったからだ。

下手に話せば、口出しされるかもしれない。バルドはアモンに甘いが、だからこそアモンが不利になりそうなことにも敏感だ。アモンとしては面倒事を嫌ったというのが一番の理由だが、本当にバルドが何も知らないのかには疑問もある。

——兄上ならば、この程度のことはいくらでも調べられるはずだ。

アモンの選んだ相手だからと、リリスの家のことを何も調べないなんてことがあるだろうか。陰で調べていたとしてもなんら不思議ではなかったが、バルドはアモンとリリスの結婚に何一つ口出ししなかった。

一体、どういう考えなのだろう。

アモンも疑問に思う気持ちはあったが、今さら話して問題にしたくないというのが正直なところだった。

「リリスは子供に好かれる性格なんだろう」

「……そう…だな」

アモンは当たり障りのない言葉で誤魔化したが、バルドの反応は微妙だ。

どこか腑に落ちないといった表情が気になり、アモンはじっと様子を窺う。

すると、その視線に気づいたバルドは眉を下げ、天井を仰ぎながら思わぬことを告白した。

「実は先日、パトリックにパトロンになってほしいとお願いされたんだ」

「……は？」

「最初は絵が得意だから一度描かせてほしいと……。それを適当に受け流していると、そういった話になってな。先ほども『考えてくれたか』と擦り寄られて参ってしまった。彼は私をからかっているんだろうか？　パトロンといっても、単なる支援ではない雰囲気だったぞ……。まさか、金に困っているわけではないだろうし、幼子がいる身でなんともきつい冗談を言う男だ」

アモンは顔を引きつらせて絶句した。

何かの間違いだろうと返したかったが、エメルダもはじめはあの男のパトロンだったのだ。

――あの男は、何を考えてるんだ……？

アモンは内心舌打ちし、ぐっと拳を握り締めた。

あの男はバルドがアモンの友人だと思って馴れ馴れしい態度を取ることはあったが、いくらなんでもそんな話を持ちかけているとは想像していなかった。

本当は何が目的だ。

まさか、新しい寄生先を探しているとでもいうのか？

だったら、なぜニックを連れてきた。

あの男がニックをかわいがるところは、ただの一度も見たことがない。

バルドが『父親のパトリックにはどこか遠慮気味だ』とニックとの関係にそういう感想を抱いたのも、それがこれまで築き上げたものだとしか言いようがなかった。

「アモン、彼は本当にエメルダ夫人の弟なのか……？」

「……」

訝しげに問われても、アモンは沈黙で返すしかない。

嫌な予感がした。

エメルダのところに遣いを出してはいるが、数日経った今も戻ってきていないため、真相はわからないままだった。

「……あ……」

そのとき、リリスたちに誰かが近づいていくのが見えた。

今まさに噂していたパトリックだ。

アモンは身を乗り出して、その様子を食い入るように見つめる。

パトリックは噴水の少し手前でリリスに声をかけ、彼女は風で乱れた髪を手で押さえながら振り向いた。リリスはややたじろぎながらも、パトリックが傍まで来るのを黙って見ている様子だった。

やがて、パトリックは彼女の隣で立ち止まって、ニックを手招きで呼び寄せる。

ニックが近くまで来ると、小さな背中をトンと押して屋敷に戻るよう促しているのが見て取れた。

リリスは怒った様子でパトリックに何かを言っていたが、ニックは言われるまま屋敷に戻っていく。彼女はそれを追いかけようとするも、パトリックに手を摑まれて彼のほうに引き寄せられてしまう。

一瞬だけ、彼女は抵抗する素振りを見せたようだった。

しかし、肩を抱き寄せられて耳元で何かを囁かれると、途端に大人しくなる。髪を撫でられ、間近に顔を近づけられても、彼女は嫌がることなくパトリックをじっと見つめ返していた。

「……アモン、あの二人は本当に叔父と姪なのかい……？」

こんな情景を見れば誰だって疑念を抱く。

一連の出来事にバルドは眉をひそめていたが、アモンもまた冷静ではいられなかった。

――俺は一体、何を見せられているんだ……？

なぜ抵抗しない？　形ばかりの抵抗をして、それで終わりなのか？

彼女は俺の妻だ。

誰よりも、この俺を愛しているはずだ。

どの想い出を振り返っても、そうとしか考えられない。

その確信があったからこそ、ほかの有力な結婚相手の候補など見向きもせずに彼女との関係を育んでこられたのだ。彼女の母親の問題をバルドに隠したのも、リリスと早く結婚したかったからにほかならなかった。

「兄上、少し散歩してくる」

「あ…、あぁ、そうだな。そうしたほうがいい……」

バルドとはそこで別れて、アモンは急いで庭に向かった。

俺の何が不満だ。何を隠している。

とてもではないが、黙って見過ごせる心境ではない。

焦燥に似た気持ちで庭に向かう間、恋人同士の逢瀬《おうせ》のような二人の姿が頭にこびりついて離れなかった。

「……ニック……？」

それから、屋敷を出て少ししたところでアモンはニックに気づいた。

彼は庭先の大きな木の陰からひょこっと頭を覗かせていたが、こちらの気配には気づいていない。

どうやら、屋敷には戻らず、そこでリリスたちを見ていたようだ。

「ニック、そんなところで何をしてるんだ？」

「……え？　あ…っ、アモンさま……」

声をかけると、ニックは慌てて大木から離れる。

目を泳がせて動揺する様子に疑問を抱き、アモンは屈んでまっすぐその瞳を見つめた。

「ここからリリスたちを見ていたのか？」

「……っ」

「怒ったりしないから、正直に言ってくれ」

「……は…、はい……、そうです……」

「そうか……。こういうことは以前にもあったのか？」

「え……、あの、その……」

ニックは一つ目の質問には答えてくれたが、もう一つの質問にはなかなか答えてくれない。

顔を覗き込むと、今にも泣きそうな表情で見つめ返される。

アモンは唇を噛み締め、ニックの頭をぽんと撫でてその場を駆け出した。

自分以外の男が、以前から彼女に触れていた。

そのことを思い浮かべた瞬間、目の前が嫉妬で真っ赤になっていくようだった。

❀　❀　❀

「——やめてください……ッ！」

一方その頃のリリスはというと、身に迫る危機にパトリックを思い切り突き飛ばしていた。

当然ながら、大人しく肩を抱かれていたわけではない。

パトリックに脅されて動けなかっただけなのだ。

『僕がエメルダの愛人だと世間にばらしてもいいのかい？　ニックが彼女との子だと知ら

れたら、困るのは誰だろうね。ずいぶん問題のある家の娘と結婚したと、君の夫は陰口を叩かれるかもしれないよ。国王の弟でありながら、兄の足を引っ張るつもりかとね』

耳元にかかる生温《なまぬる》い吐息にぞっとした。

アモンを困らせてやると言っているのがわかったから必死で我慢していたけれど、リリスが大人しくなったのをいいことに、パトリックの行動はどんどんエスカレートしていく。

肩を抱いた手は徐々に背中に移り、いやらしい手つきで腰回りを撫でられ、ついにはお尻まで触れられて、とうとう我慢の限界を超えてしまった。

「こういうことは困ります！　おじさまは何が目的でここに来たのですか？　お母さまが心配ではないのですか!?　私だってできる限りの協力をしたいと思っています！　だからといって、なんでもできるわけじゃありません。お金のことにしても、そんなにたくさん要求されても私にそんな力はないんです……っ」

もう何度目だろう。

毎日のように、パトリックに金を無心されていた。

今の自分が用意できるのはこれだけだと提示しても、それでは足りないと言われてしまう。アモンに頼めとしつこく言われて聞いてくれなかった。

「……リリス、君は何か誤解してるようだ」

すると、パトリックは心外そうに首を横に振り、憐《あわ》れむようにリリスを見つめた。

「誤解？」

「別に僕は遊ぶ金がほしいわけじゃないんだよ。惑わせるようなことをするのも、君が大事だからだ。リリス、君はここに嫁いで幸せかい……？　僕にはそうは見えない。嫌いな相手との結婚なんて不幸としか言いようがないよ」

「き…、嫌っているわけでは……っ」

「そう？　なら、苦手な相手にしておこうか。似たようなものだと思うけどね」

　パトリックは肩を竦めて浅く笑う。

『君のことは全部わかっている』とでも言いたげな眼差しに強い憤りを感じた。

　そうやって、人の気持ちを代弁した気にならないでほしい。不幸かどうかはあなたが決めることではない。頭の隅で反論する自分がいたが、それを言葉に落とし込む前にパトリックが再びリリスに近づいてきた。

「リリス、僕は君を自由にしてあげたいんだ。そのためには多少のリスクを冒しても構わないと思っている。君もそれを望んでいるはずだよ。どうするのが最善か、本当は君もわかっているんだろう……？」

「……っ」

　思わず息を呑むと、パトリックは小さく頷く。

　――私を自由にってどういうこと……？

動揺を顔に浮かべるリリスを見て、彼は目を細めて笑っていた。

自分は何も望んでいない。おかしなことを言わないでほしい。

リリスがじりじり後ずさっていくと、パトリックはそれ以上追い詰めることなくそこであっさり引き下がった。

「じゃあ、また。よく考えておくんだよ」

彼はそれだけ言って、軽く手を上げて去っていく。

颯爽とした背中を目で追いかけているうちに、徐々にその姿が小さくなる。

やがて建物のほうに姿が消えたところで、リリスは脱力して地面にへたり込みそうになった。

「――リリス……ッ！」

「……ッ!?」

ところが、その直後、今度は別の方角から大声で呼ばれた。

肩をビクつかせて声のほうへ顔を向けると、アモンが大股で駆け寄ってくるところだった。

リリスはごくりと唾を飲み、動揺を悟られないように無理やり笑顔を作ろうとしたが、彼は辺りを見回して苛立ちをあらわにした。

「あの男はどこに行った！　さては、俺が来ると気づいて逃げたのだな!?」

「……えっ」

「何を驚くことがあるんだ。さっきまでおまえとパトリックがここで抱擁し合っていたではないか！」

「あ…、あれは……っ」

「こんな誰が見ているとも知れない場所で……っ。おまえは俺の妻だろう!?　どうしてあんな男に簡単に触れさせるんだ……ッ」

アモンに見られていた。

ほんの数秒だったのに、見られてしまっていた。

激しく詰め寄られてリリスは何一つ言い返せない。

誤解を解こうとすれば脅されていたことも言わなければならなくなる。

あんな男のためにアモンにお金の工面をお願いしたくない。一度でも要求を呑めばきっと何度でも同じことが繰り返されるはずだ。そう思って、一人でなんとかしようとしたのが完全に裏目に出てしまった。

――それに私、あの人の言葉に動揺してしまった……。

動揺したのは、ここから逃げようと暗に誘われたことではない。

子供の頃からのアモンへの苦手意識をパトリックに見抜かれていたことだ。

今の自分が幸せかと問われても答えに詰まるが、かと言って不幸だとは思っていない。

それなのに、リリスはまったく反論できなかった。

「どうして否定しないんだ。あの男とやましい関係だと認めるつもりか？」

「ち…、違……」

「リリス、おまえが愛しているのは俺だろう？　それとも…、俺を騙していたのか……？　愛する振りをしていたのか!?　思わせぶりな態度で、この俺を何年も手玉に取ってきたというのか……ッ」

「……は……？」

「はっきり言えばいいだろう！　嘘をつかれるより、よほどマシだっ！」

アモンは唇を震わせて、瞳の奥に怒りを滲ませていた。

だが、これにはさすがに首を傾げざるを得ない。

騙すとか愛する振りなどと詰め寄られても、リリスは思わせぶりな態度をとった覚えは一度もない。それどころか、アモンの結婚相手に選ばれるとは考えてもいなかったのに、ふしだらな女のように言われて腹立たしかった。

「……私は、あなたを騙すようなことはしていません」

「ならば、あの男とはなんでもないと言うのか？」

「そうです」

「あの男を庇《かば》っているのか」

「庇っているつもりはありません」

「ニックが、こういったことは以前にもあったと言っていた！　それすら違うと誤魔化すのか!?」

「こういったこととはなんですか？」

「こういったことはこういったことだ！」

リリスがいくら否定しても、アモンはまるで聞く耳を持たない。

しかし、リリスのほうも頭に血が上っていたから、一向に言い合いが終わらず平行線をたどっていた。

そのうちに、騒ぎを聞きつけて使用人が庭に集まりはじめる。

こんな場所で大声を出し合って、誰も気づかないわけがない。あちらこちらに自分たちを窺う姿もあった。

「おまえがこんなに頑固だとは知らなかった」

「頑固？」

「あぁ、とんでもない頑固者だ。昔は、あんなに素直だったというのに」

アモンはそう言って、わざとらしくため息をついてみせる。

リリスはむっとして、すかさず言い返した。

「なんの話ですか。私をほかの人と間違えないでください」

「何を言ってる。俺がおまえとほかの者を間違えるわけがないだろう」

「そうでしょうか？　アモンさまには私以外にも結婚相手の候補がたくさんいたようですし、そういうこともあるかと思います」

なぜこんなことまで言い合っているのだろう。

けれど、『素直だった』と言われても、自分のこととは思えなかったのだ。

無意識に嫌みを込めた言い方をすると、アモンはぴくりと片眉を引き上げ、息がかかるほど間近に顔を寄せてきた。

「ずいぶん言うじゃないか。俺自身が望んだわけでもないことを責められても痛くも痒《かゆ》くもないぞ。大体、俺はおまえの気持ちにずっと応えてきただろう。こうして、おまえを結婚相手に選んだのもそういうことだ」

「え……？」

「おまえが俺に一目惚れしたのはわかってるんだ。初対面のとき、おまえは俺が馬に乗っているところを見て目を潤ませて喜んでいた！　それだけじゃない、外国語を聞かせればうっとりした顔をしていたし、社交ダンスを見せてやれば陶酔しきった眼差しを向けてきた。俺を好きで好きで仕方ないとその目がいつも言っていた。おまえは、俺を愛しているんだ！」

「な…っ!?」

彼は何を言っているのか。

どうしたら、そんな解釈ができるのだ。

堂々と断言されて頭がくらくらしてくる。

これまで、どれだけ彼のすることをじっと耐え忍んできただろう。ここまで勝手に気持ちを捻じ曲げられて、リリスは自分の中で何かがぶつっと切れるのを感じた。

「私があなたに一目惚れですって……？　さすがにそれは冗談が過ぎるというものです」

「なんだと？」

「だって、どう考えてもそれは私ではありませんから……っ！　馬に乗っているところを見て目を潤ませていたなら、それは土埃が目に入って痛かったからです！　外国語を聞いてうっとりしたこともありませんっ！　一時間以上知らない言葉で話しかけられれば誰でもああなります。あれは、ただ単に眠気に襲われていただけですから！　社交ダンスにしても、陶酔していたのではなく、いつ突進されるかとヒヤヒヤしていたんです。アモンさまがお一人で踊られているだけなのに、毎回あまりにも近すぎるんです……ッ！」

「……な、な……っ」

「あなたのすることに、私はいつも振り回されてきたんです。結婚相手に選ばれたときも、何かの間違いだとしか思えませんでした……っ。人生をかけてまで私に嫌がらせをしたいのか、そう思ったほどです。子供の頃、私を馬から落としたことだって嫌がらせの一環だったのでしょう？　あのとき、あなたは私のことを嬉しそうに笑って見下ろしていたのですから……っ！」

「――……は？」

リリスは目に涙を溜めて、これまでの鬱憤を吐き出していた。

ずっと我慢してきたせいで箍《たが》が外れたら止まらない。子供のときの話まで持ち出して、感情のままに本音をぶつけてしまっていた。

しかし、リリスがここまで言ったというのに、彼の反応はほとんどない。

それどころか、強張った表情で僅かに首を傾げた様子からは『覚えがない』といった感情が伝わってくる。

「……俺がおまえを馬から……落とした……？」

今さら、何をとぼけているのだ。

リリスは零れそうな涙をそのままに、声を震わせて言い募った。

「忘れたとおっしゃるつもりですか……？　私はあれからしばらくの間、あなたを見ると足の震えが止まりませんでした。頻繁に会いに来るのも裏があるのだと思って、ずっと怯えていたんです……ッ」

「なん……っ」

あれが意図的でなかったなら、なんだというのか。

一瞬だけ目にした悪魔のような微笑。

何年も経って記憶が薄れていくうちに感覚が麻痺してしまった部分はあるけれど、今でも時々頭を過ることがある。そのたびに、あの頃の小さな自分が心の中で怯えていたから、忘れることなんてできなかった。

「——お二人とも、そこまでです。ここをどこだとお思いですか。少し冷静になってください」

「……っ」

そのとき、不意に自分たちを咎める声が響いた。

声のほうを振り向くと、ミュラーがこちらに近づいてくる。

どうやら、騒ぎを聞きつけて止めに来たようだ。

ふと、周りを見ると、何人もの使用人が自分たちを遠巻きに見物してヒソヒソ囁き合っている。

白昼の夫婦喧嘩に、皆が動揺していた。

「ひとまず、屋敷に戻りましょう」

「は、はい……」

ミュラーに促されて、リリスはぎこちなく頷く。

だが、声をかけられてもアモンは何も答えない。表情の失せた顔で誰もいないほうをじっと見据えていた。

「アモンさまも、戻りましょう」

「……」

「アモンさ……──」

「……俺は、まだここにいる。ミュラーは彼女を連れて戻ってくれ」

アモンはそれだけ答えると背を向けてしまう。

頑《かたく》なな背中は、これ以上話をすることを拒んでいるかのようだ。

ミュラーは目を伏せてため息をついたが、しばらくして気持ちを切り替えた様子でリリスに向き直った。

「戻りましょうか、リリスさま」

「は……い……」

リリスは小さく頷き、言われるままに歩き出す。

青空の下、庭には重い空気が漂っていた。

積もりに積もった長年の鬱憤をようやく吐き出せたというのに、なぜだか少しもすっきりしていない。

むしろ、後味の悪さを感じて、足取りまで重くなっていた。

──私は本心を言っただけなのに……。

自分は間違っていないはずだ。

アモンがとんでもない勘違いをしていたからそれを正しただけだ。

そう思いながらも、取り返しのつかないことをしてしまった気がして、胸の奥でひりつくような痛みを感じた。

「……リリスさまは、思い違いをしていらっしゃるようです」

ややあって、ミュラーがぽつりと呟く。

俯いた顔を上げると、いつの間にか屋敷の扉の前まで来ていた。

——思い違い……？

リリスは疑問を胸にミュラーの横顔を見つめる。

彼は扉を開けると、リリスを建物に入るよう促しながら悲しそうに微笑んだ。

「このようなこと、私などが口を出すべきではないとわかっています。しかし、リリスさまが落馬したときのことだけはさすがに違うのではないかと……。あの頃は、アモンさまの従者として外出のたびに同行していましたから、私もよく覚えているのです」

「えぇ…、それは知っています」

「ですから、これだけは断言できます。アモンさまはリリスさまに対して悪意を持って接したことは一度もありません」

「で、ですが……っ」

この人は、どこまでアモンに盲目的なのだろう。

思わず言い返そうとすると、ミュラーは首を横に振って玄関扉を閉めた。

「リリスさまが落馬したときもそれは同じです。あのとき、アモンさまは必死の形相であなたを背負って屋敷に戻ってきて、こう叫んだのです。『俺の不注意でリリスに怪我をさせてしまった』『誰か助けてくれ』『リリスを助けてくれ……ッ』、あのような悲痛な訴えはとても忘れられるものではありません。エメルダさまに何度も頭を下げる姿は、見ているほうが辛くなるほどでした。ご自分は腕を骨折するほどの大怪我を負っていたというのに、そんなことはおくびにも出さずに……」

「え……」

──腕を骨折……？

リリスはこくっと喉を鳴らす。

まさかという思いが胸を過る。

バルドがここに来た日の夜、酒に酔って口にした話を思い出したからだ。

『──ずいぶん昔にアモンは腕を骨折して王宮に戻ってきたことがあったんだよ。一か月ほどで完治はしたが、あのときは外出禁止令を出そうと思ったほどだった。今思い出しても寒気がする。ミュラーがついていながらどうしてあんなことになったのか……』

確かにあの日は、ミュラーも一緒に来ていた。

しかし、アモンは誰にも告げずに突然リリスを馬に乗せて外に連れ出してしまったから、問題が起こったときに対処できる大人はいなかったのだ。

「そ…、それなら、あのときアモンさまが笑っていたのは……？　一瞬見たんです！　横たわる私を見下ろして、アモンさまが恐ろしい顔で笑ったんです！」

バルドの話と落馬の件は繋がっていた。

それは本当のことかもしれないけれど、ミュラーの話を今ひとつ信じきれないのは、あの一瞬のアモンの顔が頭の中に浮かんでしまうからだ。

「……大変言いづらいのですが、あのときのリリスさまは意識がかなり混濁しているようでした。誰に声をかけられても、虚空を見つめて返事をされていましたし……。アモンさまが心配そうに言葉をかけたときのリリスさまは、微笑み返していたようにも見えました」

「ほ…、微笑み……？」

思わぬ話に、リリスは言葉を失ってしまう。

それでは、自分が幻でも見ていたようではないか。

言い返そうにも、落馬したあとの記憶はほとんどない。

気づいたときにはベッドの上で、どうやって屋敷に戻ったのかも覚えていなかった。

——だったら、私が見たものは……？

リリスは、段々と自分の記憶に自信がなくなっていく。

部屋に戻る途中、廊下の窓から庭のほうに目を向けると、アモンは先ほどと同じように噴水の前に佇んでいた。

水の流れをぼんやり見つめる姿は放心しているようだ。

心なしか、項垂れているようにも見える。

そんな彼を目にするのははじめてで、リリスは自分が見たものがなんだったのか、本当にわからなくなってしまった。

第七章

――白昼の夫婦喧嘩から三日後。

あの日の出来事は目撃者が多かったこともあり、瞬く間に屋敷中に広まっていた。

リリスとアモンのどちらの言い分が正しいかは誰にもわからない。

当人たちでさえすれ違っている問題に白黒つけるなど周りの者たちにできることではなかったが、誰もが相思相愛と思っていただけに衝撃も大きかったのだろう。二人が結婚してまだ一か月半程度だというのに、もはや修復不可能かもしれないなどと囁かれるまでになっている。

いつも一緒に過ごしていたことが遠い昔に思えるほど、今は二人でいる姿を見かけることがほとんどない。唯一、食事のときだけは同席していたが、周りで見ているほうが緊張してしまうくらいぎこちなかった。

「――アモン、ここの食事は本当に美味しいね。空気は澄んでいるし景色も綺麗で、おまえが羨ましい限りだよ」

「ならば、兄…バルドもここに住めばいい。部屋ならいくらでもあるぞ」

「あ、いや…、そうしたいのは山々だが……」

「冗談だ。束の間の休暇を楽しんでくれ」

「そ、そうか。ありがとう」

朝食の時間になり、大食堂には皆が集まっていた。

テーブルには料理人が腕をふるった食事の皿が所狭しと並べられていて、一見和気あいあいとした雰囲気で皆それらに舌鼓《したつづみ》を打っていた。

しかし、会話しているのはアモンとバルドだけだ。

よくよく見てみるとバルドの笑顔は強張っていたし、アモンに至っては仏頂面で笑ってもいない。その場にはリリスとパトリック、それからニックもいたが、密かに漂うピリピリとした緊張感に誰も会話に参加できずにいた。

「……では、俺は先に失礼する」

「アモン、もう食べないのか？」

「執務の時間なんだ」

「そんなにきっちり決めなくてもいいじゃないか。食事くらいゆっくりしても大して効率は変わらないと思うぞ」

「そうしたい気持ちはあるんだが、国王陛下から依頼された案件が終わらなくてな」

「……っ、そ…、それは大変だな……」

アモンは早々に食事を切り上げて席を離れようとしていた。

それをバルドが引き留めようとしていたが、アモンに切り返されてバツが悪そうに黙り込んでしまう。

途端に大食堂は静寂に包まれ、コップをテーブルに置く音さえ大きく感じられる。

リリスはフォークを持ったままの姿勢で固まっていた。

このフォークを皿に置けば、多少なりとも音が響くだろう。こんな空気の中では、どんな形であろうと目立ちたくなかった。

「では……」

ややあって、アモンはそれだけ言って大食堂から出ていく。

その後は、ぎこちない雰囲気が残った状態で、各々が自分の食事を黙々と口に入れていくだけの時間となっていた。

――折角の食事なのに、味わうどころじゃないなんて……。

リリスは目を伏せて小さなため息をつく。

今日もまた、自分たちは食事中に一言も話をしていないどころか、目を合わすこともなかった。

あれ以来、アモンとは食事以外の時間もずっとこんな感じだ。

常によそよそしく、話しかけようにもきっかけさえ与えてくれない。

ほんの三日前までは彼の目の届く範囲で過ごすよう言われていたのに、今は執務室に同行させようともしない。かろうじて同じベッドで眠ってはいるが、手を出そうとする気配などなくなっていた。

――アモンさまに確かめたいことはあるけれど、一体どうしたらいいのか……。

リリスは何度目かもわからないため息をつき、フォークをそっと皿に置く。

ふと、視線を感じて斜め前に目を向けると、パトリックと目が合った。

「……っ」

パトリックはリリスと目が合うや否や、口元をニヤリと歪ませる。

やけに大人しいと思ったら、彼はこの状況を楽しんでいたようだ。

リリスとアモンが大喧嘩したことは、今や屋敷中に広まっている。

当然、パトリックも知っているはずだ。この三日間、彼はリリスが一人のときを狙って近づいてこようとしていたので、なるべく人のいる場所で過ごして隙をつかれないようにしていた。

リリスはパトリックから目を逸らして隣のニックに目を移す。

　ニックはもそもそとパンを食べていたが、リリスの視線に気づいて顔を上げた。

　子供ながらに重苦しい雰囲気を感じ取っていたのだろうか。それとも、リリスたちが喧嘩していることを知っているのか、心なしか彼の表情は心配そうだった。

　――ニックは、アモンさまが大好きだものね……。

　ずいぶん前にニックは、会うたびにアモンが頭を撫でてくれると嬉しそうに話してくれたことがあった。そのときは、あんな人でも子供には優しいのだなと思っていたが、アモンのことを知れば知るほどわからなくなってくる。

　もしかすると、自分はアモンを色眼鏡で見ていたのかもしれない。

　リリスが落馬したとき、本当に彼は笑っていただろうか？

　わざと馬から落としたとずっと思い込んでいたが、実際はどうだったのだろう。

　もしもミュラーの話が事実だとしたら、自分はとんでもない思い違いをしていたことになる。それまでもアモンには苦手意識を持っていたが、あの事件はリリスの中で決定的とも言える出来事になっていたのだ。

　しかし、あのときにアモンが腕を骨折したのであれば、彼もリリスと一緒に落馬したと考えるのが自然だろう。リリスが軽い脳震盪《のうしんとう》と擦り傷程度だったことを思えば、アモンのほうが遥かに大事《おおごと》だった。

　考えてみれば、リリスだけ落馬させようなんてかなり難易度の高い話だ。

下手をすれば自分の身も危険に晒しかねない。

そう思うと、ますます自分の記憶に自信がなくなってくる。

あのときのことを知っているのは、アモンとミュラー以外では、エメルダとパトリックくらいだ。ほかにも当時の使用人が知っている可能性はあるが、今すぐ確かめようとするならパトリックに聞くしかないだろう。

だが、パトリックが簡単に教えてくれるとは思えない。

教える代わりに別のものを要求してきそうだし、その際に必要以上に身体に触ってくるかもしれない。そんな様子を誰かに見られて、あらぬ噂を立てられることだけは絶対に避けたかった。

——やっぱり、アモンさまに直接聞くしかないわ……。

アモンとの距離は、日に日に遠くなっていた。

話しかけるだけでも勇気がいる状態だが、あのときのことを誰より知っているのは彼なのだ。

ならば、どうにかして本人に確かめるしかない。

自分の記憶が間違いだったなら、それを認めて謝罪しなければならない。

あれだけの暴言を投げつけておいて、そう簡単に許してもらえるとは思っていない。別れを切り出されても仕方なかったが、何もせずにいるよりも遥かにましだった。

こうなってみて、はじめてわかる。

自分たちの関係は、アモンが歩み寄ろうとしていたからこそ成り立っていたのだ。

彼のこれまでの行動は不可解に思うことばかりだったけれど、いつも自信満々で楽しそうだった。

それが今はすっかりなりをひそめて、ただの勤勉な領主となっている。

もちろん、それはそれでとてもいいことだと思うのだが、自分の知っているアモンがいなくなってしまった喪失感のほうがずっと大きかった。

――どうでもいい相手なら、こんなふうに思うわけがないわ……。

知らず知らずのうちに、自分の中で彼の存在が違うものになっていたのだろうか。

たった一か月半の結婚生活とはいえ、結婚前は知らなかった彼の一面に何度驚かされたかわからない。

リリスは大きく息を吸って唇を引き締める。

これほどまでに、アモンと向き合いたいと思ったことはなかった。

食事を終えて皆が席を離れたあとに続いて自分も大食堂を出ると、リリスは意を決して執務室へと向かった。

❀　❀　❀

——一方その頃、早々に食事を切り上げて執務室に向かったアモンは、早速執務に取り掛かろうとしていた。

ところが、書類を手に取って内容を確認しても、まったく頭に入ってこない。

文字を追う目の動きだけは機敏だが、頭の中では文字が分解されてぐちゃぐちゃになってしまうのだ。

とてもではないが、これでは仕事にならない。

これまで軽々とこなしていたことなのに、どうやっていたのか思い出せない。

公爵としての責務はどうした。完璧な自分はどこへ行った。

自分自身を叱咤したところで、書類一枚まともに読めないのだからどうしようもなかった。

「なんてことだ……」

アモンは執務机に突っ伏して頭を抱えた。

この三日、ずっとこんな調子だ。

お陰で、ほとんど書類を片付けられていない。執務机の横には書類が積み上がっていたが、このままでは一生終わりそうになかった。

『——私があなたに一目惚れですって……？　さすがにそれは冗談が過ぎるというものです』

不意に三日前のリリスの言葉が蘇る。

なんて鋭い刃だろう。あまりにも研ぎ澄まされた言葉の数々に、完膚無きまでに叩きのめされた気分だった。

「……すべて、俺の独りよがりだったのか……」

ぽつりとした呟きが部屋に虚しく響く。

過去の自分の姿が走馬灯のように過《よぎ》り、情けないやら恥ずかしいやらでどうにかなってしまいそうだ。

まさか、彼女があんなふうに捉えていたなど考えもしなかった。

決して悪気があったわけではない。嫌がらせのつもりなど微塵もなかった。

むしろその逆だ。すべて彼女を喜ばせたくてしたことだった。

『——アモン、おまえの乗馬姿には惚れ惚れするよ。きっとどんな女の子もひと目でアモンを好きになってしまうね』

『本当か、兄上！　俺はそんなに格好いいか？』

『あぁ、格好いいよ。アモンは誰よりも輝いてる』

『なにっ、そんなにか!?』

『そうさ、外国語だってすぐに覚えてしまうし、社交ダンスもキレがあって最高だ。そうそう、ピアノもずいぶん上達したとミュラーから聞いたよ』

『ピアノだけじゃないぞ。ヴァイオリンも頑張ってるんだ』

『そうなんだね、アモンは本当にすごいなぁ……。なら、もし好きな子ができたときは、自分の得意なことを見せてあげるといいよ。そうすれば、あっという間に両想いだ』

『わかった、兄上。いつか好きな娘ができたらやってみる！』


あれはアモンが十歳にも満たない頃のバルドとのやり取りだった。

あのときはまだリリスに出会う前で、『好き』には種類があることすら知らない子供だったが、アモンはそのときが訪れたらバルドに教えてもらったとおりにしようと心に決めていた。

バルドの言葉に間違いはないという気持ちもあったが、それだけではない。

アモン自身がそれでうまくいくと確信していたのだ。

——なぜ俺は、リリスが嫌がっていると気づかなかったんだ……。

一体、何年彼女を見続けてきたのか。

迷惑がられていると、どうして気づけなかったのか……。

自分は愛されて当然の存在だと思っていた。そんな過信が招いた行動だったのだろう。

考えれば考えるほど落ち込んでいく。この三日間は、リリスの顔を見るだけで何度逃げたくなる衝動に駆られたかわからなかった。

——そのくせ、夜になるとちゃっかり同じベッドで眠っていたが……。

さすがにこれ以上嫌われたくなくて手を出すことはできなかったが、リリスが寝静まった頃を見計らってその寝顔を何度も確かめていた。

なんという女々《めめ》しさだろうか。

リリスと顔を合わせるのは怖いくせに、離れるのは嫌なのだ。

嫌いでもいいから、近くにいたかった。寝顔だけでもいいから、彼女の顔を見つめていたかった。

「……俺がこんなに弱い男だったとは……」

アモンは盛大なため息をつき、執務椅子に深く凭れ掛かる。

そうまでして結婚生活を維持しても、リリスを不幸にするだけだ。

それがわかっていても、どうしても手放したくない。

最初はただの一目惚れだった。『はじめまして、アモンさま』と緊張気味に見上げる純真な瞳に目が離せなくなり、その眼差しをもっと自分に向けてもらいたくて得意な乗馬を見せようと思ったのだ。

彼女のことは、会うたびにどんどん好きになっていった。

相手が王族だからと媚《こび》を売るでもなく、無理に褒めそやすこともしない。そんな人はバルド以外にいなかったから、もっと近づきたいと思うようになったのだろう。彼女に会うためなら、何日かかろうと苦にもならなかった。

リリスは自分のことが好きではなかったのかもしれないが、それでも会いに行けばいつも必ず笑顔で出迎えてくれた。

アモンが自分の得意なことを見せている間も、彼女は最後までちゃんと見つめ続けてくれていた。父親違いの弟を甲斐甲斐しく世話をする姿に、聖母のような神々しさを感じることもあった。潤んだ瞳も両想いだという確信も自分の勘違いだったが、アモンはリリスが好きで好きで仕方なかった。

匂いが好きだ。声が好きだ。存在すべてが好きだ。

本当は触りたい。自分の舌で身体で彼女を確かめたい。

——だが、それはもう叶わぬ願いなのだろうか……。

そこまで考えて、アモンは乾いた笑みを浮かべた。

自分の弱さに失望しながら、なんとか重い腰を上げて席を立つ。

執務に身が入らないからといって、何もしないではいられない。

書類の内容はまったくと言っていいほど頭に入ってこないが、少し前にバルドから頼まれたことに関係するものだということはわかっている。事前に参考になりそうな書籍をいくつか書棚に揃えておいたので、それを取りに行こうと思ってのことだった。

「確か…、この辺りに何冊か……」

アモンはぶつぶつ言いながら、書棚の扉を開く。

その中から一冊の本を手に取るが、それが必要なものなのかの判断がつかない。

「……は…、はは……」

これが自分なのか。公爵としての責務も果たせないのか。

こんなことははじめてだ。自分が誰かに疎まれていると思ったこともなかったなんて、己の傲慢さにさらなる笑いが込み上げる。

このままでは、どこまでも落ちぶれていきそうだ。

本当はどうすればいいのか、自分でもわかっていた。

それでも、足掻けるものなら足掻きたい。

格好悪くてもいいから、せめてリリスが別れを切り出すその瞬間までは彼女の夫でいたかった。

❀　❀　❀

——コン、コン。

執務室の前まで来ると、リリスは緊張した面持ちで扉をノックした。

パトリックとニックの滞在をお願いするときも、こんなふうに扉を叩いたことを思い出して苦々しい気持ちになる。気を抜くと怖じ気づきそうになったが、なんとか自分を奮い立たせて取っ手に手を掛けた。

数秒ほど中の様子を窺うも、やはり返事はない。

リリスは意を決して扉を開き、執務室に一歩だけ足を踏み入れた。

「アモンさま、いらっしゃいますか……？」

「……え？　っは……ッ!?」

すると、部屋の奥でバサバサ…ッと大きな音がした。

なんの音だろうと部屋を見回すと、執務机の傍の書棚から本を取り出そうとしているアモンがいた。

よくよく見れば、彼の足元には本が転がっている。

どうやら、今のは本が落ちた音のようだ。仕事に関連しそうな書籍を参考にするつもりだったのだろう。ああしてアモンが書棚に向かう姿をリリスは以前にも何度か見たことがあった。

「あの…、アモンさま？」

だが、アモンはいつまでたってもその本を拾おうとしない。

なぜかリリスのほうを振り返った状態で固まっていた。

「アモンさま、本が落ちて……」

「……――ッ、ノ…ッ、ノックくらいしたらどうだ……っ」

「あ…、すみません。一応したのですけど、音が小さかったようですね……」

「え？　そ、そう…だったか」

「アモンさま、そちらに行ってもよろしいでしょうか？」

「なにっ⁉」

「邪魔はしません。終わるまで静かにしています。それに私、アモンさまの目の届く範囲で過ごす約束をしましたから」

「……っ、……好きにすればいい」

アモンは顔を引きつらせて足元に落ちた本を拾う。

その本を書棚に戻してから、執務机に戻って無言で書類を広げはじめた。

——あの本、必要じゃなかったのかしら……。

不思議に思いながら書棚を見ると、先ほどの本が上下逆で収まっている。

リリスは正しい向きに直そうと手を伸ばしかけたが、余計なことかもしれないと思い、そのまま執務机の隣に置かれた椅子に腰掛けた。

この椅子は、ずっと片付けずにいてくれたみたいだ。

少し前まで執務中の彼の横顔をこうして何時間も見ていたことが妙に懐かしい。

思い返してみると、アモンと話したのは三日ぶりだ。

寝室に来ても彼はすぐに眠ってしまうから、ほんの僅かでも会話してくれたことが意外だった。

「……退屈なら寝てもいいんだぞ」

「いいえ、ちゃんと見ています」

「そんな無理をする必要は……」

「大丈夫です。無理はしていません」

「……そ…、そうか……」

アモンは書類に目を向けたままぎこちなく声をかけてきた。

しかし、いつもなら素早く目を通して次々書類を片付けていくところを、彼は先ほどから同じ書類しか見ていない。

――私がいるせいで集中できないとか……？

それで寝てもいいと言ったのだろうか。

アモンは前髪を掻き上げたり書類を上のほうからまた見返したりして、どう見ても落ち着かない様子だ。

ややあって、彼はちらっとリリスに目を向けると、遠慮がちに口を開いた。

「さっき、終わるまで静かにしていると言っていたが……」

「え、えぇ」

「それはつまり、俺の執務が終わったら何かあるということか……？」

「はい、アモンさまとお話ししたいことが……――」

リリスが小さく頷いたそのとき、執務椅子が突然ガタンと音を立てて勢いよく後ろに下がった。

「……ッ」

その音に驚いて身を固くしていると、アモンはなぜか直立していた。

彼は数秒ほど前方の壁をじっと見つめていたが、少しして書類を机に置くとその場からそそくさと離れた。

――どうしたのかしら……。

やはり先ほどの本が必要だったのかもしれない。

そんなことを思いながらアモンの動きを目で追うと、彼は執務室の扉を開けて廊下に出ようとしていた。

「アモンさま、どちらへ……っ」

「所用を思い出した。そういうわけだから、話はまたの機会にしてくれ」

「まっ、待ってください。アモンさま……ッ!?」

リリスが慌てて声をかけるも、アモンは振り向きもしない。

パタンと扉が閉まる音が部屋に響き、ただただ呆気に取られるばかりだった。

――どういうこと……?

リリスはあまりにも唐突な彼の行動にぽかんとしていたが、徐々に自分が避けられたことに気づきはじめた。

そんなに自分と話をするのが嫌なのか……。

あからさまな避け方に涙が出そうになり、それをぐっと堪えて唇を噛み締めた。

この程度のことで落ち込んでどうするのだ。ここで諦めては勇気を振り絞って来た意味がない。たとえどんな結果になろうとも、自分たちはとことん話をしなければならないのだ。

「アモンさま……っ!」

リリスは覚悟を決めて執務室を出た。

廊下を見回し、左の方向にアモンの後ろ姿を見つけてすぐさま駆け出す。

彼もまさかリリスが追いかけてくるとは思わなかったのだろう。足音に気づいて振り返り、ぎょっとした顔をしていた。

「なん…っ」

アモンは戸惑い気味に後ずさるが、すぐに前を向いて大股で歩き出す。

リリスと彼では三十センチ近く身長差があるのだ。

当然脚の長さも違ってくるわけで、あんなふうに大股で歩かれるとこちらが走っていてもなかなか距離が縮まらない。

——せめてアモンさまを見失わないようにしないと……っ。

彼にとっては慣れ親しんだ場所だから、縦横無尽に歩き回って姿をくらますことなど造作もないはずだ。リリスははしたないと思いながらもドレスのスカートを摘《つま》み、息を弾ませてアモンを追いかけていた。

やがて、いくつかの通路が合流した先に回廊が見えてくる。

アモンは回廊のほうに歩を進め、少し遅れてリリスもあとを追う。

彼は歩調を緩めることなくどんどん進んでいくが、その足取りからはまったく疲れを感じない。リリスのほうは肩で息をしながら必死で追いかけているのに、距離が縮まることはなく回廊を三周もぐるぐると回っていた。

このままでは、体力的にすぐ限界が来てしまう。

一向に追いつけないことで余計に疲労感が増していく。

少しして、アモンは回廊を抜けて違う通路へと向かい、リリスもふらふらとその背中を追いかけた。

「……え……？」

ところが、通路に出た途端、リリスは目を瞬かせる。

アモンがいない。

確かにこっちのほうに向かったのに、どこにも彼の姿がないのだ。

――そんな、ここまで追いかけて……っ。

リリスは肩を上下させながら、長い廊下を走り出す。

まだそれほど遠くには行っていないはずだ。

通りかかった部屋の扉を手当たりしだいに開けていくが、一向にアモンを見つけられずに段々と徒労感を覚えはじめた。

「あ…っ!?」

その直後、リリスは何もないところで足を突っかけてしまう。

ただでさえふらふらだったのに、無理をして走り続けたからだろう。いよいよ身体が言うことを聞いてくれなくなってべしゃっと転んでしまった。

――膝…、痛い……。

咄嗟に床に手をついたから、手のひらもじんじんする。

リリスは激しく息を乱して唇を震わせた。

いくら走っても追いつけない。遠ざかる背中を思うと心が軋んで、本当はどこが痛いのかわからなくなった。

もう手遅れなのかもしれない……。

話をすることさえ拒絶されると、これ以上手立てが思いつかない。

リリスは悲観的な気持ちになってその場にうずくまっていたが、不意に人が動く気配がして顔を上げた。

「……？」

すると、少し先の柱の陰からアモンが出てくる。

リリスが転んだことに気づいてか、こちらに駆け寄ろうとしていたようだ。

――もしかして、ずっとそこに……？

どこかに行ってしまったと思っていたから驚きを隠せない。

リリスがよろよろと立ち上がると、アモンはハッとして動きを止めた。

「アモン…さま」

「こ…、これはその…っ、俺はここで休んでいただけだ」

「休んで……？」

「そうだ。そういう気分だったのでな。……そ、それより、ずいぶん盛大に転んだようだったが……、その…、大丈夫なのか……？」

「……えぇ、大丈夫です。多少痛みはありますけど」

「そ…うか……」

アモンはほっと息をついて小さく頷いていた。

しかし、リリスがその様子をじっと見つめていると、途端に目を逸らして後ろに下がっていく。

「で、ではな……」

「あっ」

アモンはぎこちなく片手を上げ、さっと背を向けて歩き出した。

折角彼のほうから姿を見せてくれたのに、ここでまた見失うわけにはいかない。

リリスはスカートの汚れをぱぱっと払って再び彼を追いかける。

今のは絶対に心配しての行動だった。リリスが怪我をしたのではと、慌てて飛び出したとしか思えなかった。

——どうしよう、嬉しい……。

アモンの歩調が先ほどより緩やかなのも、きっと気のせいではない。

リリスがあとを追っていることを気にかけているのか、彼は二階に上がる間も何度もちらちらと後ろを確かめていた。

もしかしたら、完全に拒まれているわけではないのかもしれない。

徐々に気持ちが浮上してきて、二人の距離も縮まってくる。

リリスは彼のすぐ後ろを歩きながら、勇気を出して声をかけてみた。

「あのっ、アモンさま……っ！」

「……な、なんだ」

今なら、話をしてもらえるだろうか。

本当はもっとじっくり話せる環境を作れればよかったが、もうどんな形であろうと構わなかった。

「ほんの少しでいいので時間をください。アモンさまと話がしたいのです」

「……今は、まだ話したくない」

「いつならいいのですか？」

「そんなことわかるものか。こっちにも心の準備があるんだ」

「心の準備？　どういった準備ですか？」

「じゅ…っ、準備は準備だ」

「……よくわかっていなくてすみません。けれど、こういうことは早く話し合ったほうがいいと思ったのです。いろいろはっきりさせたうえで、私もけじめをつけなければいけませんから……」

「け…ッ、けじめだと!?」

「自分勝手だってわかっています。今さらだと呆れられて当然です。それでも私は、アモンさまに…──」

「リリス……ッ!」

「……っ」

突然大きな声で名を呼ばれて、リリスは途中で言葉を止める。

驚いて目を瞬かせていると、アモンはぐしゃっと自分の前髪を乱暴に掻き上げた。

少し強引すぎたのだろうか。彼のほうは気が進まない様子だったのに、つい前のめりになってしまった。

「俺は、嫌だ……。まだはっきりさせたくない……」

「え…?」

彼の呟きにリリスは眉を寄せる。

妙に違和感のある言い方だったが、疑問を口にする前にアモンはすぐ傍の窓をいきなり開け放った。

「……もう追いかけてこないでくれ」

「え？」

その直後、アモンは窓枠に足をかけて外に飛び出てしまう。

「きゃあ…ッ!?」

リリスは目を疑う思いで悲鳴に似た叫び声を上げた。

ここは二階だ。あんなふうに気軽に降りていい場所ではない。

先ほどまで一階でぐるぐる歩き回っていたから、アモンは階段を上がってきたことをうっかり忘れていたのかもしれなかった。

「たっ、大変……ッ！」

リリスは蒼白になって階下へと引き返した。

すでに十分すぎるほど走っていたから、苦しくて息が切れそうだ。

途中、何人かの使用人が驚いた顔で自分を見ていたけれど、無我夢中だったから気にしていられなかった。もっと冷静だったなら彼らに助けを求めていたのだろうが、そんなことさえ思いつかなかった。

「アモンさま……っ」

リリスは建物の外壁に沿ってアモンを探した。

確か、この辺りの窓から飛び降りたはずだ。

二階を見上げると、一つだけ全開になっている窓がある。

アモンはあの場所から飛び降りたと思われるが、肝心の本人はどこにも見当たらなかった。

――ここじゃないのかしら……。

リリスは肩で息をしながら、もう一度上を見る。

慌てていたから二階では何も確認していない。

しばし考え込んでいると、不意に後方から足音が近づいてきた。

「屋敷中走り回ったりして、君もお転婆なことをするんだね」

「……ッ、おじ…さま……？」

「残念だけど彼はここにいないよ。あそこから飛び降りたあと、どこかへ走り去ってしまったんだ。まるで猫科の猛獣のようだったよ。すごい身体能力だ」

「え……」

もしかして、見られていた……？

どこからどこまで？　まさか、全部見ていたとか……？

パトリックは身振り手振りで状況を説明していたが、リリスのすぐ傍で立ち止まると、くすりと笑って首を傾けた。

「かわいそうに、振られてしまったね」

「……っ！」

憐れみの籠もった物言いに、リリスは真っ赤になった。

やはりずっと見られていたのだ。アモンを追いかけるのに必死で、リリスは周りのことをまったく見ていなかった。

「こういうときは、あまりしつこくしないほうがいいんじゃないかな。余計に嫌われてしまうかもしれないよ」

パトリックは動揺するリリスに顔を近づけ、追い打ちをかけてくる。

正論すぎて、言い返そうにも何一つ言葉がみつからない。

ますます顔を赤くして俯くと、パトリックはリリスの頬をそっと撫でてきた。

「なっ、何を……ッ！」

「何って、慰めようとしただけだよ。今にも泣きそうな君を放っておけるわけがないだろう？」

「慰めなんていりません！　私は泣いてなどいませんから……っ」

本当に油断ならない人だ。

リリスは慌ててパトリックから距離を取る。

これ以上近づかれる前に逃げたほうがいいかもしれない。

そう思って、リリスはすぐにその場から離れようとしたが、すかさずパトリックに腕を取られてしまった。

「や…っ!?」

「どこへ行くんだい？　僕はまだ君と話したいことがあるのに」

「は、放してください。話なら、あとでちゃんと聞きますから……っ。こんなところ、誰かに見られたら誤解されてしまいます！」

特にアモンには絶対に見られたくなかった。

以前の自分なら、そこまでは思わなかったかもしれない。しかし、今はアモンにだけは誤解されたくなかった。

「誤解？　どう誤解されるっていうんだい？　ここの人たちにとって、僕たちは『叔父と姪』だ。多少触れ合っていても仲がいいとしか思わないさ」

「それはそうかもしれませんが……っ」

「リリス、君はずいぶん僕のことを意識しているんだね」

「……なっ」

「仕方ない子だ。なら、こっちにおいで」

「え…っ、あのっ、ちょっとどこへ……ッ!?」

パトリックは勝手な解釈をして、リリスをどこかへ連れて行こうとしていた。

なんとか腕を振りほどこうとするが、それ以上の力で引っ張られてしまう。

リリスはよろめきながら必死で抵抗した。

しかし、大人の男性の力に抗うことは難しく、あっという間に建物の隙間に連れ込まれてしまった。

「いい場所だろう？　ここなら誰にも見つからない」

「こ…、これはなんのつもりですか……？」

この辺りには、使用人たちの部屋や客間があったはずだ。

それらの場所は明確に区切られていたから、建物にも境となる隙間が作られていたのだろう。

パトリックは庭の散策中にでも偶然ここを見つけたのだろうが、こんなところに人を連れ込もうだなんて普通は思わない。ここは一メートルほどの奥行きがある窪みとなっていて、大人二人が入り込むには互いの身体を密着させなければならないほど狭かった。

とはいえ、パトリックにとっては、この狭さがこれ以上ないほど好都合だったのかもしれない。

彼はリリスに密着しながら背中や腰を撫で回し、白いうなじに熱い吐息をわざと吹きかけてきた。

「ンッ」

「かわいい声、感じたんだ？」

「ちっ、違……ッ」

「我慢なんてしなくていいんだよ。彼、すごく乱暴そうだしね。こんなに綺麗な身体なのに、まともに愛撫もしてくれなかったんだろう？　好きでもない男に抱かれるなんて辛かったね」

「お願い、放してください……っ」

「……ところで、お金はどれくらい用意できそう？　こんなこと、何度も聞きたくはないけど」

「……ッ」

結局、それが目的か。

この男は、こんな状況でも金の無心だけは欠かさないのだ。

アモンとろくに会話もできていないのに、そんなお願いができるわけがない。たとえ会話ができていたとしても、そんな恥ずかしい真似はしたくなかった。

リリスは身を捩ってパトリックを睨みつける。それこそ好きでもない相手に触られても不快なだけだ。

「ふふっ、また誤解してる。さすがにもう彼からの援助なんて当てにしてないよ。そろそろここを出ようと思ってね。君が用意できるのはどれくらいか、改めて聞きたかっただけなんだ」

「……それでしたら、以前お話ししたとおりです」

「そう、わかったよ。じゃあ、当面はそれでなんとかしよう。そうと決まったら、君もここを出る準備をしておくんだ。いいね？」

「ど…、どういうことですか……？」

「僕と二人でここから逃げるんだ。君のことは絶対に僕が守ってみせる」

「……な……」

パトリックは息がかかるほど間近で囁き、リリスの手を握り締めてきた。

以前にも似たようなことを言われたが、そのときは明確な言葉がなかった。

だから、どこまで本気かわからずに聞き流していたけれど、まさかここで面と向かって言われると思わなかった。

——だけど、二人でってどういうこと……？

意に染まぬ結婚を哀れんでのことなら、まだわからなくはない。

リリスの金を当てにしているくせに、『絶対に僕が守ってみせる』なんてどの口が言うのかと思うが、エメルダの病気で屋敷を出なければならなくなったのだから金がないのは仕方ない部分もある。

けれど、パトリックの言う二人とはリリスと彼自身のことだろう。

彼はここに一人で来たわけではないのだ。どんな状況であろうと、もう一人の存在を忘れるなんてあってはならなかった。

「二人って、ニックのことはどうするのですか？　まさか、置いていくつもりじゃありませんよね」

「心配はいらないさ。あとで迎えに来ればいい」

「あとで……？」

「あぁ、子供を連れて逃げるのは危険すぎる。落ち着いた頃にでも、こっそり忍び込んで連れて行けばいいんだよ」

「何を言って……」

リリスは顔を引きつらせる。

子供を置いて逃げるのがまずあり得ない。

そもそも、そんなことをして、ただで済むわけがないだろう。

たとえ途中までうまくいったとしても、アモンが黙って見逃すわけがないし、この辺りの地理に詳しくない身で追跡の手を掻《か》い潜《くぐ》れるとは思えない。そのうえ、ニックを置いていったなら、舞い戻る可能性を考えて屋敷の警備が強固になるに違いなかった。

少し考えただけでもこの程度は容易に想像できたが、パトリックはそれでリリスを丸め込めると思ったのだろう。耳元で甘い言葉を囁きはじめた。

「リリス、僕たちならきっとうまくやっていける。ずっと、君をかわいいと思っていたんだ。これからは真面目に働いて君を一生大事にする。愛してるんだ。本当は君だけを愛してるんだよ……」

「ばっ、馬鹿なこと言わないでください……っ」

「どうして？　僕は本気だよ。何年も君を想ってきたんだ。一緒に住んでいたときは、どうすれば想いを遂げられるのかって、そんなことばかり考えていたよ。ほかの男になんて渡したくなかった。僕に力がないせいで、大事な君を守れなかったことが悔しくてならない。早くこうすればよかったのに……」

「い…やッ、どこ触って……、あなたはお母さまを裏切るつもりですか!?」

「エメルダのことは忘れよう。リリス、僕のことだけ考えるんだ。すべて僕が塗り替えてあげるから……。彼にされたことも全部忘れさせてあげるよ。この美しい身体の隅々に教えてあげる」

「ひ……っ」

パトリックはリリスの首筋に唇を押し付け、べろりと舐め上げた。

背筋がぞわりとしてか細い悲鳴を上げると、彼は「シー…」と宥めるように囁いてお尻を鷲摑みにした。

冗談ではない。どうして受け入れられると思うのか。

彼は母の愛人だ。大好きな母親を奪った男だ。

リリスにとって、それ以外の存在になどなり得ない。

本当は、ずっと出ていってほしかった。結婚前、何度迫られても我慢していたのは、母が知れば悲しむと思ったからだ。こんな裏切り方をするくらいなら、はじめから母に近づかないでほしかった。

「いや、やあ…あ……」

リリスは必死で藻掻いて、パトリックから離れようとした。

しかし、庭に飛び出したくても彼の身体で塞がれて出られない。

それでもなんとか逃れようとしているうちに、奥のほうへと追い込まれていく。

リリスは壁に額を押し付けて身を縮める。背後からパトリックに抱きしめられた状態で乳房を揉みしだかれていた。

とても耐えられない。吐き気がした。

アモンに何をされても、こんな感覚になったことはなかった。

強引だが卑怯な人ではないのだ。

いつも振り回されてばかりだったけれど、自信満々の笑顔は悪意からくるものではなかった。だから苦手に思っていても、嫌いなわけではなかったのだろう。こんな状況でそれに気づくなんてあまりにも皮肉だった。

「……さま…、アモン、さま……、アモンさま……ッ」

リリスはガタガタと震えながら、アモンの名をひたすら繰り返す。

その間もドレスをたくし上げられて、直接太腿に触れられていた。いやらしい手つきで肌を撫で回されても、もはや逃げ場はない。

この男は怯えるリリスを見てもなんとも思わないのだろう。息を荒らげながら、今にもドロワーズの紐を解こうとしている。このままドロワーズを引きずり降ろして、後ろから貫くつもりなのだ。

助けて、アモンさま、アモンさま……。

絶望の淵《ふち》で、それでもリリスは必死に手を伸ばす。

硬く猛ったものを腰に押し付けられ、声にならない悲鳴を上げる。恐怖の中で、彼のことしか頭に浮かばなかった。

そのとき、背後でドガッという音がした。

「──貴様ッ、俺のリリスに何をする……っ！」

「……うぐっ!?」

直後に怒声と共に潰れたような呻き声が上がって、リリスを拘束していた腕が離れていく。

過呼吸になりそうなほど激しく胸を上下させ、振り返ったリリスの目に飛び込んできたのは、アモンがパトリックの襟首を掴んで地面に投げ飛ばすところだった。

「こんなところにリリスを連れ込むなど……っ。リリスは俺の妻だ！　おまえなどが気安く触れていい相手ではない……っ！」

「う……」

「おまえだけは許さないっ！　絶対にだ……ッ」

リリスは目を疑う思いでアモンの姿を見つめていた。

彼はいなくなったわけではなかった。遠くに移動してリリスを見ていたのだ。

突然パトリックが現れたので慌てて戻ってきてくれたのだろうか。アモンは頭に血が上った様子でパトリックに馬乗りになって拳を振り上げた。

「殴って気が済むなら、好きだけ殴ればいい。その代わり、リリスを解放してあげてください……っ」

「——……ッ!?」

瞬間、アモンの動きがぴたりと止まる。

彼は、なぜそこでやめたのか、我に返ったような目をしているのか……。

「アモンさま、あなたも本当はわかっているはずです。あなたとリリスは決してうまくいかない。このままでは彼女を傷つけるだけだと……」

パトリックはアモンにのしかかられた状態でひっそりと囁く。

どこからそんな自信がやってくるのか、その顔は不敵な笑みをたたえていた。

――どうしてこの人にそんなことを言われなくてはならないの……。

振り上げられた拳は石のように固まって動かない。どう考えてもアモンは悪くないのに、みるみる勢いを失っていくのが見て取れた。

「……おわかりいただけたようですね」

「俺…は……」

「今後のことはご心配なさらず……。僕が彼女のすべてを引き受けます。何年も一つ屋根の下で一緒に暮らしていたのですから、リリスのことはあなたより遥かに知っています。もしエメルダのことを気にされているなら、それについてもご心配には及びません。彼女との関係はとうに終わっているのですから……」

「……な、…んだと？」

「僕は、リリスを迎えに来たんです。僕たちは密かにずっと愛し合っていました。離れられない運命の相手なのです」

「な……っ」

パトリックは一切抵抗をせずに、ただ静かに微笑んでいた。

当然ながら、リリスと彼はそんな関係ではない。

エメルダとの関係が終わっているというのも初耳だったが、それさえ事実とは限らない。

けれど、こうも堂々とした態度で言われれば、アモンが惑わされたとしても無理はな

かった。

「違います……っ、そんなの嘘です……ッ！　私はその人とはなんの関係もありません！　アモンさま、お願いですから信じないでください……っ」

「……リリス……」

リリスはアモンの近くに駆け寄り、必死で否定した。

だが、彼の表情は明らかに動揺していて、殴りかかろうとしていた拳は力なく落ちていく。

何が本当か、アモンにはわからないのだ。

信じられるほどの関係を自分たちは築けていない。

それどころか、彼の想いを木《こ》っ端微塵《ぱみじん》に砕いてしまったのはリリス自身だった。

リリスの頭が真っ白になったそのとき——、

「——アモン、そこから動いてはいけないよ。その男をしっかり捕まえていてくれ」

どこからともなく、穏やかで凛とした声が響く。

アモンを呼び捨てにできる者など一人しかいない。

声のほうを振り向くと、正門のほうからバルドが近づいてくるのが見えたが、なぜか神妙な顔つきのミュラーや従者、兵士たちまで従えている。それだけでなく、バルドの隣にはニックともう一人、思いがけない人物の姿があった。

「お母さま……？」

目を疑う思いで、リリスは瞬きを繰り返す。

どうしてここに母がいるのだろう。何かの間違いではないのか。

すぐには状況を理解できないリリスだったが、驚いたのは自分だけではなさそうだ。

パトリックはあれほど余裕に満ちた顔をしていたのに、エメルダを見た途端、その顔はみるみる蒼白になっていった。

「エメルダ夫人は、つい先ほどお見えになったばかりでね。アモンたちに挨拶したいとおっしゃるので、こうしてお連れしたんだよ」

「……アモンさま、リリスも…。ご無沙汰しております」

バルドに促されてエメルダは遠慮がちに頭を下げる。

強張った顔で再会の挨拶をする彼女はニックの手をしっかり握り締めていた。

気のせいか、その視線はリリスたちではなく、のしかかられたままのパトリックに向けられているようだった。

「義母上、これはどういう……？　体調が思わしくないという話でしたが……」

「ご心配をおかけして申し訳ありません。わざわざ遣いの方々まで寄越していただいて、アモンさまには心より感謝しております。……けれども、お話を伺ったところ、ずいぶん事実と食い違っているようでしたので直接お会いしたほうがいいと思ったのです」

「事実と食い違っている?」

「はい、私の頭がおかしくなったと吹聴《ふいちょう》した者も、こちらに滞在したままだということでしたので……」

エメルダは畏まった様子でアモンの問いかけに答える一方で、冷たい眼差しでパトリックを見下ろしていた。

――どういうことかしら。なんだか、お母さまの様子がいつもと違うわ……。

リリスは困惑しながら、エメルダの話に首を傾げる。

パトリックとニックがここに来たとき、アモンはエメルダのところへ遣いの者を送ると言っていた。おそらく、バルドの従者たちのさらに後方にいる数名の兵士がそうなのだろう。エメルダは彼らからいろいろ話を聞いて自らここまでやってきたと言うが、確かに今の彼女は想像していた状態とはまるで違う。

多少表情は硬いが、精神状態が不安定といった感じではない。パトリックとニックが傍にいても興奮して手をつけられなくなるといったこともなさそうだった。

「その男は、私の息子を誘拐したのです」

「え…?」

考えを巡らせていると、不意にエメルダはパトリックを指差す。

唇を震わせながらも、はっきりと『誘拐』と断言したことにリリスもアモンも驚きを隠せない。

ニックは彼らの子供なのだ。

それを誘拐しただなんて、耳を疑う思いだった。

——それに、バルドさまはお母さまに息子がいるとは知らないはずなのに、こんなところで暴露してしまうなんて……。

ハラハラしてバルドに目を向けるが、別段驚いた様子はない。

エメルダがニックと手を繋いでここに来たことを思うと、もしかしたら、これ以上隠せないと腹を括ってすでにバルドに伝えたあとなのかもしれなかった。

「……目が醒《さ》めるとは、こういうことなのでしょうね。今さら、言い訳にもならない話ですが……」

エメルダは胸元に手を当て、深いため息をつく。

自嘲気味に首を横に振ると、気持ちを切り替えた様子で前を向いた。

「七年前、私は夫を亡くしてから、しばらく絶望の淵を彷徨《さまよ》い続けました。これからどうやって生きていけばいいのか、夫の代わりに家を背負うことができるのか……、娘のリリスの前では強い母でいようと気丈な振る舞いを見せる一方で、陰では泣き暮らす日々を送っていました。そのようなとき、私は『彼』と出会ったのです。彼はあまりに意気消沈している私の様子が気になって声をかけてきたようで、夫を亡くしたばかりだと答えると涙を流してくれました。まったく知らない人が、自分のために泣いてくれたのです。心が弱っていた私には、それだけで恋に落ちるのに十分でした……」

エメルダは過去に想いを馳せるように目を潤ませている。

ギルバートが亡くなったあとのことは、リリスもよく覚えていた。

気丈に振る舞う母を見て、自分とは大違いだと思っていた矢先に突然見知らぬ男が屋敷に出入りしはじめたのだ。

――二人は、そんなふうに出会ったのね……。

しかし、想像しただけで嫌な気持ちが湧き起こってしまう。

こんなふうに思いたくないが、パトリックははじめから母を利用しようと近づいたのではないだろうか。母と出会ったときの彼は二十歳だったのだ。一応貴族の家に生まれたとは言うが、その生活はかなり困窮していたと酔った拍子に本人が零していたのをリリスは何度か聞いたことがあった。

「それから間もなく、私たちは一緒に住むようになり、一年が経った頃には彼の子を身籠もっていました。周囲は彼との関係を認めてくれず、それを歯がゆく思うこともありましたが、そのときは幸せでいっぱいでした。……けれど、リリスはずっと寂しい想いをしていたはずです。娘は一度も私を責めたことはありませんでしたが、彼には常によそよそしくてどうしても馴染《なじ》めない様子は伝わっていました。それなのに、私は自分の気持ちを優先してしまったのです。もっと冷静でいられたなら……、彼との関係に反対していた人たちの話にもっと耳を傾けていたら、私は間違えずに済んだのかもしれません……。私はただ利用されていただけでした。あれがほしいとねだられれば買い与え、アトリエがほしいと言われれば屋敷を改築し……、彼がほしいのは侯爵家の財産だったのに、そこに愛があると勘違いしてしまったのです……」

そこまで言うと、エメルダは唇を噛み締める。

先ほどまでと違って、彼女の視線はパトリックには向けられていない。

意図的に逸らしているのかはわからない。話をしている間はリリスやアモン、バルドを交互に見つめ、時折悲しげに瞳を揺らしていた。

「……彼は、何人もの若い侍女や私の友人にまでことごとく手を出していました。愚かなことに、私はアトリエに連れ込んだ女との情事を目撃するまで気づかぬふりをしていたのです。……間違っていたのは私でした。娘の気持ちを無視し続け、後ろめたさから冷たく接してしまうこともあったなんて、本当に酷い母親です……。彼には『もう浮気はしない』と許しを請われましたが、取り乱しながらも別れを告げて屋敷を出ていくように言いました。けれど、それから程なくして、彼が屋敷から姿を消したときにはニックまでいなくなっていたのです……。途方に暮れていたときにアモンさまの遣いの方々がお見えになってニックがこちらにいると知りました。それから私は取るものもとりあえず屋敷を出て……、ようやく……、ようやく誘拐魔からこの子を取り戻せました。誰との子であろうと関係ありません。周りがどんな目で見ようと、この子もリリスと同じ、大切な私の子です。手放すなんてできるはずがありません……っ」

エメルダは地面に膝をついてニックを強く抱きしめた。

その目には涙が浮かび、どれほど心配していたのか伝わってくる。

ニックもぽろぽろと涙を零していた。これまで必死で我慢していたのだろう。震える手でエメルダのドレスがシワになるほどしがみついていた。

「ニック、本当に無事でよかった……」

「母上…っ！」

悪いのは騙された自分だ。

付け込まれる隙を見せてしまったせいだ。

エメルダは必死で自分にそう言い聞かせようとしているのかもしれない。

しかし、パトリックとは、七年以上も一緒にいたのだ。

何もかもを呑み込むにはあまりに長すぎて、こうなることを望んでいたはずのリリスまで胸が苦しくなってくる。エメルダはその間、リリスが寂しがっていたこともちゃんと気づいていたと知り、言いようのない想いが込み上げていた。

「ちょ…、ちょっと待ってくれ。誘拐魔って、僕のことを言っているのか？　さすがに冗談でもきつすぎるだろう……」

パトリックが顔を引きつらせて声を上げる。

彼はエメルダがおかしくなってしまったと皆に嘘をついていた。

それなのに、本人がいきなり現れてしまったから内心慌てていたのだろうが、『誘拐魔』と言われたことで黙っていられなくなったようだ。

パトリックは不満げな表情を浮かべている。

もしかしたら、自分の子供を連れ出して何が悪いのかと、そんなふうに思っているのかもしれなかった。

「僕は、ニックの……――」

「エメルダ夫人、この子の父親は、もうこの世にいないのだったね？」

だが、反論の途中でバルドがいきなり割り込んできた。

話を遮《さえぎ》るようなタイミングに、アモンとリリスは眉根を寄せる。

パトリックも驚いて身を起こそうとしていたが、アモンにのしかかられていて仰向けの状態から動けない。

その様子を視界に留めることなく、エメルダは神妙な顔で頷いてみせた。

「……そうなのです」

「それは残念なことだ。夫人に別れを告げられ、後悔の念を抱きながら自ら黄泉《よみ》の国へと旅立ってしまうとは……。しかし、多少なりとも人の心が残っていたということなのだろう。エメルダ夫人、あなたのことも本心では大事に思っていたのかもしれないな」

「はい…、そう思って、前に進んでいきます」

「その子のためにも強く生きなさい」

「ありがとうございます」

エメルダは手で涙を拭うと、立ち上がって頭を下げる。

バルドのほうも大仰に頷きながら、目を細めてニックに微笑んでいた。

何かがおかしい。バルドの発言は明らかに間違っているのに、エメルダはそれをすべて肯定しているのだ。それだけでなく、二人の口調が妙に芝居がかっていることも違和感しかなかった。

——バルドさまとお母さまは、もしかして口裏を合わせてるんじゃ……？

まさかという思いはあったが、それ以外考えられない。

たぶん、アモンもリリスと同じように思っているのだろう。

唐突な話の展開に、彼も困惑気味に二人を見つめていた。

「おまえたち、あの男を捕らえよ！」

「はっ！」

ややあって、バルドはパトリックを指差して従者たちに命じた。

従者たちも疑問はあるだろうが、それを顔にも出さずリリスたちに駆け寄ってくる。ここに来てから暇を持て余していたこともあって、彼らはむしろ主人の命令に生き生きしているようだった。

「なっ、なんだっ!?　おい、無礼だぞ！　こんなことをして、ただで済むわけが……──」

「おまえたち、この誘拐魔の口を塞げ！　早くしろ……っ！　この男は嘘をついて人を惑わすのが得意なのだ！」

「だからそれは違うと──、っぐ、う……っ」

「まったく、ハワード邸での混乱に乗じて子供を攫うとはとんでもない男だ。誘拐だけでは飽き足りず、私の大事な弟の妻に手を出そうなど、こんなことを許しておくものか！」

「……ッ!?」

従者たちに引き渡されたあとも、パトリックは激しく抵抗していた。

しかし、はじめは口を塞がれて藻掻いていたものの、目を見開くと同時にその動きがぴたりと止まった。

「お…、と……？」

パトリックはくぐもった声を漏らし、バルドとアモンを交互に見つめると、喉をひゅ…っと鳴らして黙り込む。

アモンの兄とは、即ち国王のことだ。

だが、彼はバルドのことを、アモンの友人と思っていた。

ずいぶん気安い態度で接していたこともあって、みるみる青ざめていく表情からは動揺が伝わってくる。リリスは知らないことだが、彼はバルドにパトロンになってほしいなどと持ちかけていたため、今さらながら自分がとてつもない窮地に陥っていると気づいたのだろう。

「あああぁあああ……ッ！」

「なっ!?」

パトリックが突然叫んで暴れ出す。

唐突な行動に虚をつかれ、一瞬だけ従者たちの手が離れてしまう。

彼はその一瞬の隙を見逃さず、素早い動きで一気に走り出した。

——なんて人なの……っ!?

驚くほどの往生際の悪さに、リリスは呆気に取られていた。

従者たちは慌ててパトリックを追いかけようとしていたが、それより先に動いたのはアモンだった。

「逃がすかッ！」

「アモンさま……っ!?」

アモンは全速力でパトリックを追いかけていく。

なんて速さだ。もう背中が遠い。

年齢の差もあるのだろうか。普段の運動量の差もあるかもしれない。

もともと身体能力が高いのは知っていたが、二人の距離はどんどん詰まっていく。従者たちは呆気なくアモンに追い越されて、追いつこうにも追いつけないようだった。

あと少し、もう少し、アモンは獲物を狩る獣のごとく迫っている。

あっという間の出来事に、リリスをはじめとしてこの場に残されたほかの者たちは立ち尽くすばかりだ。あんな俊敏《しゅんびん》な動きはそうそう真似できるわけもなく、皆、アモンの背中を息を呑んで見守ることしかできなかった。


一方、パトリックを猛追していたアモンは、噴水付近まで来たところで思い切りその背中に飛びかかっていた。

「――う……わぁあ……っ」

従者たちも彼を追っていたが、万が一この男を逃せばまたよからぬことを考えないとも限らない。そう思ったら、ほとんど反射的に身体が動いていた。

パトリックのほうは、こんなに早く追いつかれるとは思っていなかったのだろう。前のめりになって、情けない声を上げながら地面に転がっていく。アモンもまた飛びかかった勢いのまま一緒に倒れ込んでいた。

ぜぇぜぇ…と辺りに苦しげな呼吸音が響くが、二人は微動だにしない。

だが、アモンの腕は蛇のようにパトリックの首を背後から絞め上げていた。パトリックのほうは動かないのではなく、動きたくても動けないのだ。

「う……ぐ……ぅ……」

パトリックの呻き声は、アモンにしか届かないほど微かなものだ。

その様子をアモンは氷のように冷たい眼差しで見つめ、耳元に口を寄せて低い声で囁いた。

「それで？」

「……ぅ……」

「実際のところ、おまえとリリスはどんな関係なんだ？　俺には彼女が嫌がっているようにしか見えなかったんだが」

「……、……そ…れは……」

「嘘はつくなよ。この腕にもっと力が入ってしまうかもしれないからな」

「……ッ」

耳元で怪しく囁かれ、パトリックの呼吸がさらに乱れる。

いつもと違うアモンの様子に、彼は小刻みに首を横に振った。

「わ…っ、悪かった！　本当は、全部嘘なんだ……っ」

「嘘……」

「ちが…ッ、違うんだ。彼女とはなんでもないと言いたかったんだ。僕が一方的に近づいていただけ……、本当にそれだけで……」

「やっぱり嘘をついていたのか」

「ぁ……あぁ、……ぁ」

パトリックはなんとか逃れようとするも、アモンは何一つ許さない。

じわじわと首が絞まっていき、ひゅーひゅーとか細い呼吸音が響く。

従者たちはとうに追いついていたが、彼らは少し離れたところで動きを止めて、それ以上近づいてこようとしない。

端から見れば、アモンが後ろからパトリックを拘束している光景でしかない。

二人の会話は彼らの耳に届いていなかったが、異様な緊張感だけは伝わっていたのかもしれなかった。

「もう一度言え。おまえは嘘をついたんだな？」

「……嘘を…つきました……」

答える間にも、パトリックの顔色はさらに悪くなっていく。

唇だけを動かして『悪かった、僕が悪かった……』と繰り返していたが、絞め上げる力は一層きつくなり、アモンの腕をぱたぱたと力なく叩くのが精一杯になっていた。

「おまえはずいぶんと嘘の多い人間のようだ。それではさぞ生きづらいだろう。二度と嘘をつけないように、今ここで俺が喉を潰してしまおうか」

「ぐ……ぐ……ぅ……」

「苦しいのか？　まさか、この程度で？」

「…っ…ぅ……」

「どうせ、またリリスに付き纏うつもりなんだろう？　おまえのような野ネズミが、利用できそうな相手をみすみす逃《のが》すわけがない。おまえは嘘が得意だからな。何度でもコソコソとごちそうにありつこうとするんだ」

「うぅ…、う…ぅ……っ」

ぐぐぐ…っとアモンが腕に力を入れると、パトリックは目を白黒させる。

嘘を認めても許してもらえない。謝罪しても受け入れてもらえない。

それどころか、この場で息の根を止められそうな勢いだ。パトリックは、アモンがこれほど危険だとは思っていなかったのだろう。侮っていた相手が鋭い牙を持っていたとも知らず、彼は今になって入ってはいけない領域に土足で踏み込んでいたと気づいたようだった。

「次に俺の領地に入ってきたときが楽しみだ。たっぷりもてなしてやろう。男が一人行方不明になったところで、誰も気づきやしないからな……」

「……ッ、……――」

その直後、パトリックの腕がだらんと垂れた。

呼吸は浅く、白目を剝いて完全に意識が飛んでしまっている。

目の端に滲んだ涙は恐怖によるものか、生理的なものかは定かではない。

アモンは忌々しげに舌打ちをすると、身を起こしてリリスたちのほうに目を向けた。

皆、呆気に取られた様子でこちらを見つめている。ふと、従者たちに顔を向けると、彼らもまた呆然と立ち尽くしていた。

「……あとのことは、おまえたちに任せる」

「は…、はいっ！」

一言だけ声をかけて、アモンは元の場所へと戻っていく。

皆にどんな反応をされるかと密かに身構えていたが、さすがに遠すぎて何が起きていたのかわからなかったようだ。アモンが近くまで戻ってきたところで、バルドが不思議そうに問いかけてきた。

「あの男、どうしたんだ？」

「あぁ、突然気絶してしまったんだ。普段、あまり運動していないんじゃないか？　いきなり走ったりするから、息切れも激しかったんだ」

「なるほど、そういうことか」

バルドは納得した様子で笑っていた。

アモンも苦笑気味に軽く頷いてみせる。

――わからないなら、そのほうがいい……。

内心ほっとする一方で、今さらながら己の内に巣くう闇に気づかされる。

誰も見ていなかったら、今頃どうなっていたのだろう……。

パトリックに言ったことは、冗談でもなんでもなかった。

自分に何をされても大抵は許せるが、大事なものを傷つけることだけは許せない。

あれほど残酷な気持ちになったのははじめてだ。殺意が芽生えるほど、あの男を嫌っていたとは自分でも気づいていなかった。

ふと、視線を感じて顔を上げると、バルドの後方に控えていたミュラーと目が合う。

珍しく鋭い眼差しだ。何かしら気づいているのかもしれない。

すると、アモンの視線に気づいたミュラーは口元を引き締め、自身の胸元に右手を当ててみせる。

それは、ミュラーが時折アモンにしてみせる行為だ。

『何があろうと私はあなたの味方です』という忠誠を示す行為だった。

――ミュラーめ、大げさなことを……。

多少のことで動じるような男ではないと思っていたが、これには力が抜けてしまう。何もしていないうちに決意表明など早とちりもいいところだ。

だが、二度目はない。次こそ、許しはしない。

パトリックは従者たちに抱えられて厩舎のほうへ消えていく。

その様子を見据えていると、これまでまっすぐ立っていたエメルダの身体が突然ぐらついた。パトリックの姿が見えなくなって気が抜けたのか、その場に頽《くずお》れそうになったところをバルドがすかさず支えていた。

「っと、大丈夫かね？」

「……あ…、も、申し訳ありませんっ！　力が入らなくなってしまって……」

「いや、無理もない。私の急な提案に、よく最後まで付き合ってくれたな」

「そんな、滅相もございません。本当に…、本当になんとお礼を言えばいいのか……」

エメルダは恐縮した様子で何度も頭を下げていた。

しかし、なかなか身体に力が入らないようで、がくがくと足が震えている。

バルドはそんな様子に眉を下げると、彼女の背中を支えながらアモンに笑いかけた。

「アモン、実を言うと、先ほどの芝居は私が考えたのだ」

「兄上が？　どういうことだ」

「うむ…、朝食後に庭を散歩していると、裏門から馬車が入ってくるのが見えてな。確かめに行ってみると、そこにはおまえが送った遣いの兵士たちとエメルダ夫人がいた。夫人は私が来ていることは知らされていなかったようで大変驚かれていたが、屋敷に招き入れて事情を聞くと、嘘偽りなくすべてを話してくれたよ」

「……それで芝居を打とうと？」

「彼女の夫……、ギルバートには、生前とても世話になったからな……。その昔、アモンの婚約者がまだ決まっていないと言って、強引に彼の娘を候補に挙げたのも私だった。これは、私にとって恩返しのようなものだ。ギルバートが亡くなったあとのことは、今さらどうこう言うつもりはない。彼の大事な者たちが困っていたから手を差し伸べようと思ったまでのことだ」

「恩返し…か……」

「なかなかの役者っぷりだったろう？」

「……あぁ、わかりやすい芝居だったぞ」

「ははっ、上等上等」

今のが皮肉と知ってか知らずか、バルドは満足げに笑っている。

明るい笑顔に毒気を抜かれて、アモンの頬も緩んでいく。

——兄上は、やはりはじめからすべてを知っていたのかもしれない……。

エメルダに愛人がいることや、二人の間に子供がいることもきっとわかっていたのだろう。

アモンは下手に口出しされるのが嫌で黙っていたのに、それでもバルドはリリスとの結婚を認めてくれたのだ。政治的に問題があるわけではなかった、というのもあるだろうし、恩返しという気持ちがあるにせよ、ただただ感謝の想いしかなかった。

「……あんな人のために、私は今まで……」

不意に、傍で話を聞いていたエメルダが嗚咽《おえつ》を漏らしはじめる。

それと重なるように少し離れた場所からも嗚咽が聞こえ、振り向くとリリスが口元を押さえて泣いていた。

細い肩が小さく震えて、次から次へと涙の粒が彼女の頬を伝っていく。

アモンはリリスに駆け寄り、思わずその細い肩を抱き寄せた。

一瞬、嫌がられるかと思ったが、彼女は泣きながら身を預けてくる。久しぶりに触れた身体は少し力を入れただけで壊れそうなほど柔らかかった。

「リリス、ごめんなさい……っ。私が弱かったせいで、ずっと辛い思いをさせて……、あんなことまで我慢させていたなんて……ッ」

「……お母……さま……」

「ごめんなさい……、本当にごめんなさい……っ」

エメルダは泣き崩れ、リリスに謝罪を繰り返していた。

それをニックが心配そうに見上げていると、リリスが目を細めて二人に近づき抱きついた。

「もういいんです……。お母さまが無事でよかった。ずっと心配だったんです。こうしてまたお母さまに会えただけで十分です……」

彼女は涙声で囁き、優しく微笑んだ。

何年も嫌な想いを抱えていただろうに、彼女は誰も責めたりはしない。リリスは昔からそんな女性だった。

アモンはリリスに目が釘付けになり、深く息をつく。

自分のこともそうやって受け入れてはくれないものかと、そんな甘い考えが頭に浮かんでしまった。

「エメルダ夫人、あなたは少し休んだほうがよさそうだ。今後のことは、それから考えればいい」

「……陛下」

「さぁ、あちらへ。ニックも一緒においで。よしよし、おまえは私の末の子に似て優しいね。アモンとリリスのことが心配だったんだろう？　いつも悲しそうに見ていたのを知っているよ」

そう言って、バルドはエメルダを屋敷に促し、ニックに笑いかける。

小さな頭を優しく撫でると、アモンたちにも目を向けた。

「おまえたちも、しっかり向き合いなさい。はじめてリリスと会ったとき、アモンと性格が正反対のようだったから多少心配な気持ちになったが、おまえたちを見ているうちにそれはそれで悪くないと思えてきたところだ。違うからこそ、互いにないものを補うことができる。日々、新しい発見をしていくこともできるだろう。そう考えると、なかなかいいものじゃないか」

「兄上……」

「私も、そろそろ王宮に戻るつもりだ。家族が恋しくなったのでな」

バルドは片手を上げると、エメルダとニックを連れて屋敷に向かう。

彼らを追うように従者や兵士たちが続き、最後に残ったミュラーも静かに一礼して去っていった。

すぐに皆の姿は見えなくなり、その場には沈黙が流れた。

二人きりになっても、何をどう話せばいいのかわからない。

リリスに目を向けると、涙の滲んだ瞳でじっとアモンを見上げていた。物言いたげな眼差しから目を逸らしたくなったが、なんとか堪えて見つめ返した。

「とりあえず、部屋に戻るか……」

「……はい」

彼女は自分と話をしたがっていた。

なんの話かは大体想像がついていたが、逃げ回っていたのは向き合うことを恐れていたからだ。

——そろそろ、潮時《しおどき》なんだろうか……。

叶うなら一秒でも長くこの時が続いてほしいと思っていた。

足掻けるものなら、どこまでも足掻きたかった。

アモンは重い足取りで自分たちの部屋へと戻っていく。彼女を苦しめてまで無理に続けてもなんの意味もないというのに、手放すことを考えただけで心が引きちぎられそうなほど痛かった。

第八章

庭での騒動から程なくして、リリスはアモンとまっすぐ部屋に戻っていた。

あれから少し経った今も、屋敷の中はやけにざわついている。

バルドの従者たちによりパトリックが連行されていく様子を何人かの使用人が見ていたらしく、それが噂になっているのだろう。エメルダが突然やってきたことも、さまざまな憶測が飛び交うのに十分な材料になっていた。

――私だって、お母さまとあんなふうに再会するとは思わなかったもの……。

リリスは自分の胸を手で押さえ、庭での騒動を思い起こした。

考えてみると、ずいぶん強引にパトリックを捕らえてしまったけれど、どんな罪状にするつもりなのだろう。国王の命令なのだから自分には成り行きを見守るしかないとはいえ、気にならないと言えば嘘になる。

──国王の弟の妻に手を出そうとした罪とか……？

ほかには、ニックを黙って連れ出したことだろうか。

本当にそれを誘拐とするのかはわからない。バルドのことだからエメルダの気持ちを確かめたうえで決める可能性はある。だが、芝居を打ってまで捕らえたことを思うと、甘い対応をするつもりがないのはなんとなく想像できた。

もちろん、これですべて一件落着というわけではないし、ニックの処遇など頭を悩ます問題は残っているが、心配事が一つ減ったのは間違いなかった。

「アモンさま、今日はいろいろとありがとうございました。バルドさ…、いえ、陛下にはあんな芝居まで打っていただいて……」

「それは直接兄上に言えばいい。俺は何もしていない」

リリスが礼を言うと、アモンはぶっきらぼうにぼそりと答えた。

彼は斜め向かいのソファに足を組んで腰掛けていたが、なかなか目を合わせてくれない。

部屋に戻ってからというもの、二人の間には重い沈黙が流れていたが、なんとか会話の糸口を見つけたくて、リリスは首を横に振ってさらに話しかけた。

「そんなことありません。アモンさまは私を助けてくれたじゃないですか。あなたが二階から飛び降りたあと、私は慌てて庭に向かったんです。そうしたら、倒れていると思っていたあなたはどこにもいなくて……。あの人に襲われたときは絶望しかありませんでした。

アモンさまが助けてくれて、本当に嬉しかったんです」

「……そ…、そう…か」

リリスは自分の気持ちを正直に伝えた。

彼のことを穿った見方ばかりしていたから、こんなに素直な心で向き合うのははじめてだった。

しかし、そんなリリスの想いとは裏腹に、アモンはぎこちなく頷くだけだ。

彼はしばし床に目を落として黙り込んでいたが、リリスの視線が気になるのか徐々にそわそわしはじめる。ややあって、沈黙に耐えきれなくなった様子で口を開いた。

「二階から飛び降りたあと、俺はおまえが追ってくるかもしれないと思って少し離れた場所に移動したんだ。だから、息を切らせて外に出てきたおまえの様子もずっと見ていたが、あの男が現れたことはさすがに予想外で……。おまえが手を掴まれて姿が見えなくなったときは本当に驚いた」

「それで捜してくれたのですね」

「……おまえの悲鳴が聞こえた気がしたのだ」

アモンは眉根を寄せて、強張った表情で低く答えた。

あのときのことを思い返すだけで、リリスは鳥肌が立ってしまう。

建物の隙間に連れ込まれて、奥へ奥へと追い詰められていく恐怖と逃げ場のない絶望に悲鳴を上げる以外できなかったのだ。

　あんなに誰かを嫌悪したことはこれまでなかった。

　怯えるほどの恐怖の中で、助けを求めたのはアモンだった。

「私、あのとき、アモンさまの名を叫んでいたんです。必死であなたに助けを求めていました。ほかの誰も頭に浮かばなかったんです」

「え…？」

「聞こえませんでしたか？」

「……そ…、え？　……いや、か細い叫び声は聞こえたが……」

　リリスの言葉に、アモンは狼狽えていた。

　部屋に戻ってから一度も目を合わそうとしなかったのに、驚いた顔でリリスを凝視している。本当に叫び声しか聞こえていなかったのだろう。アモンはそこで再び沈黙してしまったが、何度か瞬きを繰り返すと、訝しそうに疑問を投げかけてきた。

「……これはなんの前振りだ？」

「前振り……？」

「上げてから落とすとか、そういう流れか？」

「そういう流れ…というのは……」

「だから…、あれだ。俺は褒められるのは好きだが、こういう流れは心臓によくない。

いっそ、はっきり言われたほうが……、……いや、それはそれで心臓に悪いので推奨はしないが」

彼は何を言っているのだろう。

リリスは純粋に感謝の気持ちを伝えているだけだ。

追い詰められたときにアモンしか頭に浮かばなかったのは本当のことで、上げるつもりも下げるつもりもない。

――はっきり言うって、私は何をはっきり言えばいいのかしら……。

彼の言わんとしているところが、どうにも摑めない。

今さら何を訴えられても心に響かないとか、そういったことを言いたいのだろうか。

だとしたら、それはとても悲しいことだった。

「今の話は、なんの前振りでもありません。あの人に追い詰められたとき、私ははじめて自分の中でアモンさまが大きな存在になっていると気づいたんです。結婚前は確かに苦手意識を持っていたのに、近くで見ているうちに段々とあなたの違う一面を知って……、頭では否定しながらも本心では惹かれていたのかもしれません」

「……は……？」

「今さらなんだと思うかもしれません。アモンさまが私と話したくない気持ちもわかります。それがわかっていても、今のままなんてとても堪えられません……。せめて…、せめて七年前の真実をあなたの口から聞いて……、自分が間違っていた場合は謝罪だけでもさせてほしいのです……っ」

噴水前で言い合いになったあと、ミュラーから当時の話は聞いていた。

バルドが酔ったときに語った昔話と合わせれば、それが七年前の出来事だと想像できたが、そうなるとアモンがリリスを意図的に落馬させたというこれまでの認識に疑問が生じる。そもそも、たとえ悪意があったとしても、自分まで大怪我をするかもしれないのにわざわざそんな手段に出るとは思えなかった。

「……なんの話をしてるんだ……？」

だが、アモンの反応は今ひとつ鈍い。

思い切ったつもりだが、今の言葉だけでは伝わらなかったようだ。

彼は神妙な顔で天井を仰いだあと、首を捻ってぽつりと呟いた。

「おまえは、俺に別れを告げようとしていたのではないのか……？」

「え…？」

「違う…のか？　俺と話がしたいと言って執務室まで押しかけてきたではないか。俺はあのとき、ついにこの日が来たと思って……」

「そ、そんな……、私、そんなつもりじゃ……っ」

「……ちょっと待て。なんだこれは？　何がどうなってる？」

アモンは片手で顔を覆い、混乱した様子で自問自答している。

彼のこんな姿を見るのははじめてだ。今の状況が本当に理解できていないのかもしれなかった。

――もしかして、それが理由でアモンさまは私から逃げていたの……？

思い返せば、リリスが話をしたいと言った途端、彼は『所用を思い出した』と執務室からいなくなってしまったのだ。

あれは、別れを切り出されると思っての行動だったのか。

とんだ行き違いに驚くばかりだ。そうとは知らず、リリスは彼をぐるぐる追いかけ回してしまった。

「あの…、私から別れを告げようなんて、考えたこともありません」

「なぜだ？　あんなに俺を嫌っていたではないか」

「きっ、嫌っていたわけでは……ッ！」

「しかし、あれは冗談で言えることではないだろう。どう考えても、おまえの本心だと思うのだが」

「……ごめんなさい。あのときは頭に血が上ってしまって……。今思うと、本当に酷い言い方をしてしまいました。あれからミュラーさんに諭《さと》されて、七年前のこともいろいろと教えてもらったんです。それで少しずつ冷静になって、私はとんでもない思い違いをしていたのかもしれないと……」

「ミュラーの言うことなら信じるのか」

「ち、違います……っ！　陛下が昔話をしてくださったときに、アモンさまが骨折したことについて話されていたのを思い出したんです。さすがに、陛下のお話が嘘だなんて思いません。ミュラーさんは、私が脳震盪を起こしていたようなことも言っていたので、ますます自分の記憶に自信がなくなってしまったんです……」

「……なるほど」

「アモンさま、今さらこんなことを聞くのはどうかと思います。けれど、どうか教えてくださいませんか？　七年前の――、あの日の出来事を、私にすべて話してはいただけないでしょうか」

この話には、アモンだけが知っていることがあるはずなのだ。

あのとき、自分たちに何があったのか。

彼は、本当はどんな行動をとっていたのか。

だが、リリスの懇願に、彼はふいと目を逸らして黙り込んでしまう。

ふと見ると、アモンは自分の右腕を強く握っていた。

そこは以前バルドが『もう痛くはないのか？』と触れた場所だった。

――もしかして、アモンさまにとっても嫌な思い出になっているんじゃ……。

考えてみれば、バルドが酔ってこの話をはじめたときも、彼は途中で話を打ち切ってしまったのだ。

だから頑なに話そうとしないのだろうか。

そうだとすれば、肝心の部分を誰も知らないのにも納得がいった。

「……あのときのことは、あまり思い出したくないんだがな」

アモンは思いつめた様子でぽつりと呟く。

「だが、おまえに聞かれたら答えないわけにはいかない。俺は、それだけのことをしてしまった……。ただ、これはおまえの期待する内容ではないかもしれない。それでもいいのか……？」

「はい、それでもいいんです」

何かに期待して話を聞きたいわけじゃない。

リリスだって思い出したくない出来事だが、たぶんそれはアモンの記憶とは違う。たとえそれがどんな内容だったとしても、しっかり受け止めるつもりだった。

アモンは強張った表情でリリスに目を戻す。

真剣に見つめられて思わず背筋がぴんとなり、自分まで緊張してくる。

彼は苦笑いを浮かべると、組んだ脚に右手をのせて、どこか遠くを見るようにぽつりぽつりと語りはじめた。

「──あの日、俺はいつものように乗馬姿をおまえに見せるつもりで、何日もかけてハワード邸を訪れていた。俺はずっと、おまえが喜んでいるものと思っていたからな。突然会いに行って驚かせるのが楽しくて仕方なかった」

「……っ」

初っ端《しょっぱな》から、リリスは動揺してしまう。

彼にはやはり悪気がなかったのだと、いきなり答えを言われたようだった。

「ところが、あのときはいつもと少し違っていた。俺がリリスの手を摑んで厩舎に向かおうとすると、突然あの男…、パトリックに注意された。『もっと彼女に優しくしてあげてください』とな……。どうやら俺の歩調が速かったらしく、リリスは転びそうになっていたようだった。それで俺は恥をかいた気分になって、ムキになってしまったのだ。愛人のくせに偉そうに言うな。俺のほうがリリスをわかっている。気づけば俺はリリスを自分の馬に乗せて屋敷の外に出ていた。しかし、馬を走らせているうちに気分が上向いて、おまえにいいところを見せようと思って速度を上げる余裕が出てきた。そのうちに、後ろから抱きかかえていたおまえの身体がとても柔らかいことに気づいて、俺は我慢できずにあちこち触っていた……」

「え……？」

「……その…、お腹の辺りを軽く摘んだりな……」

リリスが目を見開くと、アモンは言いづらそうに答えた。

馬に乗せられたことは覚えているが、その辺りはまったく記憶にない。

けれど、子供の頃とはいえ、いきなりそんなことをされればかなり驚いたのではないだろうか。

あの頃の自分を想像していると、アモンは自嘲気味《じちょうぎみ》に目を伏せた。

「ほんの出来心だった。おまえの身体が俺と違うことに気づいて、好奇心から手が動いてしまっていた……。だが、おまえにしてみればとんだ災難だったろう。はじめは我慢していたのか身体をくねらせるだけだったが、徐々に嫌がるような声に変わって、俺は慌ててやめようとした。……しかし、リリスは混乱した様子で、いくら宥めても静まらない。藻掻いているうちに、ぐらりと身体が傾いてついには馬上から滑り落ちそうになり……──。俺は咄嗟におまえを抱えて馬から落ちていた。あんな状況では馬上に引き戻すこともできない。あのときの俺にできたのは、おまえの下敷きになることくらいだった……」

アモンは苦々しく唇を歪めて、脚にのせた右手を見つめた。

伏せた睫毛《まつげ》と長めの前髪が頬に影を落とし、それが彼の心情を表しているようだ。

──まさか、アモンさまも一緒に落ちていたなんて……。

リリスは内心動揺しながら、彼を見つめていた。

途中まではリリスも覚えていたが、馬に乗せられた辺りから記憶がとぎれとぎれだったから、そんなことがあったなんて思いもしなかった。

「その後、俺はすぐにおまえをおぶって屋敷に駆け戻っていた。腕は痛んだが、そのときは大したことがないと思っていたのだ。医者を呼ぶと『脳震盪を起こしている』と言われ、俺は自分のしたことの重大さに生きた心地がしなかった。幸いにもそれ以外は軽い打撲で済んでいたが、しばらくおまえの意識は朦朧としていて何を話しかけても虚ろな目で頷くだけ……。この責任は必ず取る。どうか俺を嫌いにならないでくれ……。情けなくそう訴えかけると、その瞬間だけおまえは微笑みを浮かべてくれた」

「……え?」

「だから俺は勘違いした。許してくれたと思ってしまったんだ……」

「アモンさま……」

「愚かなことだ。それから、俺は王宮に戻って自分が骨折していたことを知り、怪我が治るまでおまえに会いに行かなかった。合わせる顔がないという気持ちと、おまえに自分の怪我を心配させたくないという気持ちがあったからだ……。兄上にはいろいろ聞かれたが、俺の不手際だと言って誤魔化した。それなのに、兄上も周りもなぜかミュラーを責め立てるんだ。俺が悪いと言っても、ミュラーにまで自分のせいだと頭を下げられて……。俺は誰一人自分を責める者がいないことが恐ろしくなった。ならば、リリスも悪者にされてしまうかもしれない。本当のことを言っても、兄上もほかの者たちもリリスを責めるかもしれない。だから俺は、あのときのことを誰にも話さなかった。……それでも、怪我が治れば俺は懲りずにまたおまえに会いに行った。たびたび遣いを出して状況を見に行ってもらってはいたが、直接顔を見なければ安心できなかったから、おまえの姿を目にしたときは心底ほっとした。あのときのことを俺が一切話題にしなかったのは、リリスも思い出したくないだろうと考えていたからだ。ぎこちない関係にはなりたくなかった。おまえとは、出会った頃のままの気持ちでいたかった……」

そこまで話すと、アモンは深いため息をつく。

王宮での一悶着《ひともんちゃく》、ミュラーに対する罪悪感、それでもバルドに事実を伏せてきた彼のさまざまな葛藤が伝わってくるようだった。

彼の話す過去は、リリスの思っていたものとはまったく違っていた。

確かに、本当のことをバルドに話していたら、リリスとの関係はそこで終わっていたのかもしれない。

アモンは王族なのだ。バルドの愛情を一身に受けて育ち、周囲からも大切にされてきた人だ。リリスを庇って怪我をしたというその事実だけで、婚約者の候補から外れるに十分な理由になっただろう。ミュラーのように、バルドたちの不評を買っていた可能性もある。

理不尽に思えても、国にとってどちらが大切かと言われれば自ずと出る答えだった。

――アモンさまが、ずっと黙っていたのは私との関係を守るためだったんだわ……。

知らなかったこととはいえ、彼がここまでいろいろ考えていたとは思わなかったから言葉が出てこない。

「……落馬したあと、おまえは俺が嬉しそうに笑っていたと言ったな」

「あ……」

「あのとき、俺は必死だった。好きな娘をあんな目に遭わせて、どうして笑えるのだ。……だが、おまえがそう見えていたと言うなら、俺には何も言えない。自分で自分の顔を見ていたわけではないからな……」

アモンは自身の右手を握り締め、気落ちした様子で目を伏せた。

こんなに自信なさげな姿は、今まで一度だって見たことがない。

自分の一言で、彼がこれほど傷ついてしまうなんて考えもしなかった。

「あ…、あの…、ごめんなさい。アモンさま、本当にごめんなさい。私、とんでもない思い違いを……。言い訳と思われても仕方ありませんが、自分自身でもよくわからないんです。どうして見てもいないものを見たと思い込んでしまったのか……」

「それは、普段からそういう目で俺を見ていたからではないのか？　おまえ自身も言っていたではないか。『結婚相手に選ばれたときも、何かの間違いだとしか思えませんでした。人生をかけてまで私に嫌がらせをしたいのか、そう思ったほどです』と……」

「……ッ、あれは……っ」

リリスは否定しようとして、途中で言葉に詰まってしまう。

何せ、リリスは初対面のときからアモンのすることが理解できず、『嫌がらせ』をされたとショックを受けていたのだ。少なくとも、結婚前までは彼の行動を好意的に捉えることなく、振り回されてきた自分を嘆《なげ》いていたのは事実だった。

『嫌がらせ』をされたと思ったなら、彼に直接文句を言えばよかったのだ。

一人で我慢して何年も心の中で悶々としているよりも、そのほうが遥かに健全だ。それで心証を悪くしたとしても、婚約者の候補から外れれば願ったり叶ったりではなかったのか。自分からは何も行動しようとしなかったのに、あとになってアモンを責めるなんてそんなの狡いだろう。

「ごめん…なさい……」

「……そんなに謝るな。かえって惨めになる。そもそも悪いのは俺だろう」

「そ、そんな…、ごめんなさ……──、……は…い……」

リリスは声を震わせて小さく頷く。

涙が出てきそうになって、膝に置いた手をぐっと握り締めた。

こんなときに泣けば、それこそ狡い女になってしまう。

なんとか堪えていると、アモンは天井を仰いで息をつき、前髪をぐしゃっと乱暴に掻き上げた。

「そうじゃない。責めているわけではないのだ。俺はただ、おまえに伝わっていると思い込んでいたから……」

「……アモンさま」

「俺は、自分のいいところを見せたい一心だった。おまえの気を引くために、いつもいろんな自分を見せようと張り切っていた。こんなに気持ちをぶつけているのだから伝わっているはずだと信じて疑わなかった。……だが、おまえの反論を聞いたときは頭の中が真っ白になって、その一方でどこかで納得する自分もいた。言われてみれば、何をするにも近すぎた気がする……。リリスは俺を好きなのだから、近くで見ていたほうが嬉しいに決まっている。俺の雄姿をもっと見せてやろう。俺はおまえが喜んでいるものと思い込んでいたが、見ようによっては、あれは迷惑行為になるのだな……」

「そ…、そうじゃありませんっ！　確かに今の話をすべて否定はできませんが、それは私にも問題があるんです。私は、昔からそうなんです。自分の気持ちをうまく言葉にできなくて、不満があっても押し込めてしまうというか……。本当はたくさん言いたいことがあるのに……」

「……なぜだ？　溜め込むばかりでは自分が辛いだろう」

「それは…、そうなのですが……」

それでも、気持ちを外に出すのは難しい。

だから、噴水前で言い合いになったときは自分でも驚いたのだ。

次から次へと言葉が出てきて止まらず、それこそ噴水のように噴き出してしまった。

「たぶん、嫌われたくなかったんです……」

「……どうして気持ちを伝えると嫌われるんだ？　俺にも嫌われたくなかったということか？」

「そう…かもしれません。あの人、パトリックが母の愛人として屋敷に来たときも、私は嫌だと言えませんでした。母に嫌われたくなくて、ずっと物分かりのいい娘を演じてきたように思います。アモンさまに対しても、心の底では嫌われたくないという気持ちがあったのかもしれません……」

「パトリックにもか？」

「え？」

「あの男にも、そんなふうに思っていたのか？　嫌われたくなくて、受け入れていた部分があったのか？」

「まっ、まさかッ、あんな人を受け入れられるわけがありません！　触られるだけで鳥肌が立つのに……っ」

「……それは、矛盾してないか？」

「矛盾？」

「違うのか……？　俺には嫌われたくなかった。パトリックは鳥肌が立つほど嫌っていた。義母上に嫌われたくないという思いがあったにしろ、単なる八方美人なら誰に対してもいい顔ができるものだ。要するに、おまえは誰に対しても嫌われたくないと思っているわけではないということだ」

「そう…です……」

言われてみれば、誰に対してもというわけではなかった。

ぱっと頭に浮かぶのは、エメルダにニック、それからアモン。バルドはアモンの兄とはいえ、好き嫌いで語るなんて恐れ多くてできるわけがないし、パトリックは論外だ。ほかには親しい使用人、たとえばミュラーなどにも嫌われたくないという思いはあるが、限界まで我慢できるかと言われると首を傾げてしまう。

――だったら、私が本当に嫌われたくない人って三人だけ……？

しかも、あれほど苦手意識を持っていたアモンがこの狭い範囲に入っているのだ。

所詮は結婚相手の候補の一人に過ぎないと思っていたはずなのに、自分でも驚きを隠せなかった。

「なんというか、特別感があるな……」

「えっ」

「リリス、おまえは俺に苦手意識を持ってはいたが、嫌っていたわけではないと言っていたな？」

「は、はい」

「そして、俺に嫌われたくないとも思っていた」

「……え、えぇ……」

突然どうしたのだろう。

部屋に戻ってからアモンはずっと暗い表情をしていたのに、突然目の奥に光が宿ったようだった。

「それから、さっきは流してしまったが、こうも言っていた。『心の中で否定しながらも本心では惹かれていた』と。さらには別れを切り出すどころか、おまえはそれを考えたこともないと言っていた」

「い…、言いました」

リリスがぎこちなく答えると、アモンの瞳はみるみる輝いていく。

「やっぱりおまえ、俺のことが好きなんじゃないか？」

「……なっ」

「違うのか？」

「そ、それは……」

「そうだろう、否定できないはずだ。だから、おまえは必死で俺に歩み寄ろうとしたんだ。

執務室にまで押しかけて、逃げる俺を追いかけ回したんだ」

「……っ」

なんだか、風向きが急におかしな方向に変わってしまった。

リリスはしどろもどろになって答えられない。

――私、アモンさまのこと……？

自分でもよくわからなくて、頭が真っ白になってしまう。

改めて考えると、なんてことを言ってしまったのだろう。『惹かれていた』だなんて、好意のある相手にしか言わないことだ。これでは、どさくさに紛れて告白したようなものだった。

「リリス、俺の目を見ろ。自ずと答えが出るはずだ」

「そんなこと言われても……」

あのしおらしかった彼はどこへ行ったのか、いつものアモンが戻ってきた気がしてならない。

「何を恥ずかしがっている。傍に来てほしいと誘っているのか？」

「ちっ、違……っ」

「なら、おまえが来い。俺の隣なら空いてるぞ」

アモンはそう言って、自分の隣をぽんぽんと叩く。

見れば、彼の唇は僅かに弧を描いている。いつの間にか、アモンの周りから放たれていたぴりぴりした緊張感も消えていた。

「リリス、嫌なのか……？」

「い…、いえ……、嫌じゃないです……」

「だったら、俺の隣に来てくれ」

「……は…い」

そんなふうにお願いされては頷くしかないだろう。

リリスはぎこちなく立ち上がると、おずおずとアモンに近づいていく。

すると、傍まで来たところで待ち構えていたかのように腕を掴まれる。そのままぐっと引き寄せられて、リリスはあっという間にアモンの膝の上にのせられてしまっていた。

「あっ、あの…、これは隣ではないのでは……？」

「そんなことは気にするな」

「でも……っ」

「リリス、こっちを見ろ。なぜ目を逸らすんだ」

「だって」

「俺が嫌いではないのだろう？」

「……ッ、はい……」

堂々巡りのやり取りだったが、リリスは観念してアモンに目を向けた。

この期に及んで拒絶し続けては自分のほうが嫌われてしまう。密かにそんな考えが頭の隅を過ってのことだった。

間近で目が合うと、急激に鼓動が速くなる。

こんなに近くでアモンと見つめ合うのは久しぶりだ。

いつもより優しい眼差し、背中に回された温かな手の感触。

わけもわからず涙腺が緩んで、リリスの目には涙が滲んでいた。

「なぜ泣くんだ？」

「……わかり…ません。ただ、胸が苦しくて……」

「それが好きってことだろう」

「これ…が……？」

「あぁ、俺と別れたくないと思っているならな」

「別れたいなんて思ってません。むしろ、私のほうが別れを告げられると思っていたくらいで……」

「……馬鹿なことを。俺がそんなことを思うわけないだろう」

「どうしてですか……？　私は、あれだけの暴言を吐いたんです。許してもらえると思うほうがどうかしています」

「どうもこうもあるものか。好きな相手と離れたいと思うほうが、よほどどうかしている。大体、あれは事実を並べただけで暴言ではないだろう。おまえの本音を知ったからこそ、俺は落ち込みもしたし惨めな気持ちで逃げ回っていたのだ。別れを切り出されるまで足掻き続けるつもりでな……」

「アモンさま……」

思いがけない言葉に、胸の奥を鷲掴みにされたようになる。

なんて正直な人だろう。今まで彼の何を見てきたのだろう。

どうして、穿った見方しかしてこなかったのか。

——もっと早く気づければよかったのに……。

そうすれば、こんなにこんがらがってしまうことはなかったのだ。

情けなくて、まっすぐ彼の目を見られなくなる。

リリスが俯くと、アモンはそっと抱き寄せて耳元で囁いた。

「リリス、許してくれ。俺の行動がおまえを困らせていたなんて気づきもしなかった……。おまえのこととなると、俺は普通でいられなくなる。傍にいるだけで、舞い上がっておかしな行動をとってしまう。ほかの誰に対してもこうはならない。おまえだけ特別なんだ」

「私…だけ……？」

「あぁ、リリスだけだ」

その瞬間、リリスの目から大粒の涙がコロンとこぼれ落ちた。

ずっと疑問だった。

どうして自分とほかの者では彼の態度が違うのか。

ほかの人たちに対しては穏やかで物腰が柔らかいのに、自分には強引なのはなぜなのか、と……。

——私が特別だから……。

過去のさまざまな出来事が胸に去来して、リリスの頬に幾筋もの涙が伝っていく。

自信満々な笑顔でリリスの周りを馬で駆け回るアモンの姿、得意げな顔で一時間以上も間近で外国語を喋り続ける姿。これまでは後ろ向きに捉えていたすべての出来事が、見る間に違う色へと塗り替えられていった。

「リリス……」

間近で見つめ合っているうちに、引き寄せられるように互いの顔が近づいていく。

そっと唇が重なり、角度を変えて何度も口づけ合う。リリスは何一つ疑問を持つことなく、ごく自然にアモンと唇を重ねていた。

「……やっぱりおまえ、俺のこと好きだろう」

「……ふふ」

「何がおかしい？」

「いえ、なんでも……」

「久しぶりにキスしたから恥ずかしがっているのか？　やっぱりおまえ、俺のこと好きだろう」

アモンはどうしてもリリスに『好き』と言ってほしいようだ。

あまりにわかりやすくて、笑みが零れてしまう。

同時に涙も次々零れて止まらなくなる。リリスはそれを隠すように彼の首筋に顔を埋めた。

ニヤリと笑った顔のほうが彼らしくていい。

アモンには、いつも自信に満ち溢れていてほしかった。

「……好き…です」

「――ッ」

途端に、アモンの身体がびくんと跳ねる。

よほど驚いたのか、彼は首筋に埋めたリリスの顔を息を詰めて覗き込もうとしていた。

アモンに比べれば、自分の気持ちなんて小さなものかもしれない。

ここで誤魔化しても彼が責めることはないだろう。しかし、どんな大きさであっても今ここにある気持ちは間違いなく本物だった。

「……あ…っ」

不意に背に回された手に力が籠もって、強く搔き抱かれる。

リリスは小さく喘ぎ、厚い胸板に閉じ込められると自らもその大きな背に腕を回した。

ドクンドクンと激しい鼓動が耳に届き、顔を上げるや否や口づけられて強引に熱い舌を捩じ込まれる。

「う…ぅ…ンッ」

「もう一度……」

「ん、ん…、ん……」

「もう一度言ってくれ、リリス……っ」

アモンは自分の舌をリリスの舌に絡めて切なげに訴える。

熱に浮かされたような瞳で懇願されて、段々と胸の奥が苦しくなった。

呼吸もままならないほどの口づけを必死で受け止め、リリスはか細い声でたどたどしく応えた。

「……すき…です……。アモン…さま…、好きです……」

「リリ…ス……っ！」

「ん…ぅ……」

すると、今度はソファに押し倒されて首筋を強く吸われた。

ちくりとした痛みに肩を揺らすと、彼は首筋から鎖骨へと唇を押し付けていき、やがて胸の谷間に口づけてくる。そのまま熱い舌先がドレスの中に忍び込み、果実のような蕾を直接舐められた。

いきなりの行為に、戸惑いがなかったわけではない。

けれど、このところ一緒のベッドで眠っても触れ合うことがなかったから、必要以上に身体が敏感に反応してしまう。アモンの舌で乳首を少し嬲られただけで全身が燃えるように熱くなっていた。

「あっ、あぁっ」

「……おまえの匂いだ。たまらない……っ」

「んっは…ぁ、ああ……」

気づいたときには、ドレスが肩からずり下げられて乳房があらわになっていた。

アモンは興奮した様子で谷間に顔を埋めて、胸を揉みしだきながら乳首にむしゃぶりついている。

リリスは顔を真っ赤にさせて、慌てて自分の口元を手で押さえた。

自分のいやらしい声に冷静さを取り戻しかけたが、そこでアモンの腕がリリスの背に回って抱き起こされた。

「ンッ」

彼は乳首を舌で小刻みに刺激しながら、上目遣いでリリスを見つめてくる。

眉根を寄せて甘い快感に堪えていると、アモンは動きを止めてゆっくり身を起こす。そのままリリスに顔を近づけ、おでこをコツンとくっつけてから、しっとりとした低い声で囁いた。

「……ベッドのほうがいいか？」

「あ…、は…い……」

そういえば、ここはソファだった。

リリスは肩で息をして、小さく頷く。

アモンはその様子に目を細めると、リリスを軽々と抱き上げて部屋の奥にあるベッドに向かう。

リリスのほうは逞しい腕の力に胸が締めつけられ、一歩進むごとに彼の首に巻きつけた自分の腕に力が入るのを感じていた。

アモンは天蓋の布を横に引いてリリスをベッドに横たえさせ、自身の上衣を脱ぎ去って片手でシャツのボタンを外していく。見る間に均整の取れた上半身が晒され、リリスが息を呑むと、彼は獰猛《どうもう》な獣のような目でのしかかってきた。

「おまえのドレスも脱がしてやる」

「……ん」

耳元で囁かれ、お腹の奥がぞくりとした。

身を固くしていると、アモンはリリスのドレスを腰まで捲り上げてしまう。

驚く間もなく、彼はドロワーズの紐を解いて一気に裾を引き、ずるずると引きずり下ろしていく。下着のほうを先に脱がされるとは思わなかったから、リリスは一拍遅れて身を捩った。

「やぁ…っ」

「どうした？」

「ドレスが先じゃ……」

「どっちが先でも同じだろう。何か問題があるのか？」

「も…っ、問題は……、ないですけど……っ」

問題はないけれど、もう少し心の準備がほしかった。

リリスはますます顔を赤くして、せめてもの気持ちで両脚をぴたりと閉じた。

しかし、アモンは悪気のない様子で首を傾げると、リリスを右腕で抱き起こして腰まで捲ったドレスを反対の手で脱がしてしまう。呆気ないほど簡単にリリスを生まれたままの姿にしたあとは、自分の下衣もさっさと脱いでいった。

もっと情緒のある脱がし方もありそうなものだが、いつもの彼と少し違う気がした。

もしかしたら、アモンはあまり余裕がないのかもしれない。お互いに裸になった途端、彼はリリスを押し倒していきなり乳房にしゃぶりついてきたのだ。

「あっ、あぅ……っ」

アモンは唇と舌で柔らかな胸を刺激し、その手はリリスの腰やお腹を弄っていた。

それが段々と太腿に向かっていき、気づけばやわやわとお尻を揉まれていたが、少しすると太腿からその内側へ移動していく。

だが、リリスの脚が閉じていたため、彼はもどかしそうな動きで指先を脚の間に差し込んでくる。それでも脚の力を緩めずにいると、アモンは息を荒らげながらリリスに顔を寄せて、ねだるように口づけてきた。

「ンぅ…、ん……ぅ」

「リリス、意地悪しないでくれ……」

「……ふ…ぁ、あ……」

意地悪なんて、そんな余裕はリリスにはなかった。

アモンがあまりに性急だから、追いつくのに時間がかかっているだけだ。

そのうちに、熱い手のひらの感触に蕩《とろ》かされて、徐々に脚の力が抜けていく。

すると、彼はリリスの脚を大きく広げて自分の身体を割り込ませる。舌先でリリスの舌の上を何度も撫でながら、秘部に触れてそっと襞を擦った。

「おまえのココ…、もうこんなに濡れてる……」

「っは…ぁ、あ……っ」

「わかるか？　こうして擦るだけで、いやらしい音がする。どんどん蜜が溢れて止まらなくなるんだ」

「やぁ……ぅ……」

アモンは指先で襞を上下に擦り、淫らに囁く。

同時に親指の腹で陰核まで刺激され、リリスは耳まで紅潮させて下腹部をびくつかせた。

そんな姿を彼は食い入るように見つめ、三本の指をゆっくり中に入れていく。

はじめは入り口付近を指先で刺激していただけだったが、気づけば内壁を擦りながら出し入れを繰り返している。秘部からはますます蜜が溢れ出し、アモンは興奮した目つきで身を起こした。

「ひっぁ、あああっ!?」

直後、リリスは背を反らして甲高い嬌声を響かせる。

アモンはなんの躊躇いもなくリリスの秘部に顔を寄せ、小さく主張する蕾を舐め上げていたのだ。

「……なんて淫らな動きだ。俺の指をこんなに締めつけている」

「あぁっ、ああっあっ」

「舐められると、さらに反応が大きくなる……。おまえの蜜も、いくら舐め取っても切りがないくらいだ」

「あぅうっ！　んんっ…く…、あぁぁあ……ッ」

アモンは指を出し入れしながら、秘部全体を蜜ごと舐め尽くしていく。

リリスは両手で顔を覆い、激しい羞恥と快感に喘ぎ続けることしかできない。

お腹の奥が切なく疼き、内壁がいやらしく蠢《うごめ》いているのが自分でもわかる。ただでさえ久しぶりなのに、こんなにいろいろされてはすぐにでも達してしまいそうだった。

「やぁっ、ひぅ、あっあ、あああッ！」

リリスはぼろぼろと涙を零し、上半身だけ横を向かせて藻搔く。

全身が燃えるように熱くて、あと少しこれが続いたらおかしくなってしまうかもしれない。そう思ったら無意識に逃げる動きになってしまい、それに気づいたアモンにすかさず引き戻された。

「……これくらいで音を上げるなよ」

彼は僅かに苦笑し、べろりと中心を舐め上げて指を引き抜いた。

リリスは肩をびくつかせ、「はっはっ」と小刻みな呼吸を繰り返す。

指は抜かれたはずなのに、まだ中で動いている感じがする。内壁が僅かに痙攣していたが、すでに達してしまったのかさえわからなかった。

「もう十分そうだな。俺も、おまえのココを直接確かめたいと思っていたところだ」

「あ…、あ……、あ、あ」

アモンは身を起こして、リリスの秘部に熱く猛ったものを押し当てた。

入り口部分を硬い先端でぐりぐりと刺激しながら、徐々に中心を押し開いていく。

半分ほど入れて、少し後退してという動作を繰り返して焦らしていたが、ややあってリリスの腰を摑むと自身の腰にぐっと力を込める。その動きにはなんの躊躇いもなく、最奥まで貫かれるのは一瞬のことだった。

「ああぁ――……ッ」

「……っ」

がくがくと身を震わせていると、横を向いた身体を仰向けにさせられた。

彼の金色の瞳と形のいい唇が淫らに濡れ光って、苦しげにひそめられた眉が異様なほど艶めかしい。目の周りは微かに色づき、乱れた髪が頬にかかって彼の興奮の度合いを伝えているようだった。

「んぅ、んんっ、んっんんっ」

「……リリス…、俺の…、リリス……ッ」

アモンはリリスの唇にかぶりつき、いきなり舌を搦め捕ってくる。

それと同時に腰を大きく前後させ、すぐに激しい抽挿へと切り替わった。

刺激が強すぎて意識が飛びそうになったが、最奥を突かれて一瞬で引き戻されてしまう。

リリスはくぐもった声を漏らし、弱々しく彼の胸を押す。

しかし、アモンは唇を離しただけで、その動きを緩めることはない。上半身を起こしてリリスの腰を摑むと、さらに激しい律動で快感を求めてきた。

「ひぁあっ、ああぅ…ッ、あっあっ、あっあっああッ」

「……っく、リリ…ス……ッ」

「んッ、あっ、あっあぁあっ」

「好…だ……。好き…だ、好きだ、好きだ、好きだ……。絶対に離さない！　はじめて見た瞬間から、おまえと結婚すると決めていたんだ……っ」

「――ッ、あぁあああ……っ！」

涙が止めどなく溢れてくる。

大粒の雫が、頰を、こめかみを伝ってシーツを濡らしていく。

アモンに好きと言われたのは、これがはじめてだった。

先ほどは自分が伝えるだけで精一杯だったから、彼のほうから言ってもらえていないことに気づいていなかったのだ。言葉にしなくても十分伝わっていたが、こんなに心が震えるものだとは思わなかった。

――私たち、ここからはじまるんだわ……。

その瞬間、リリスの頭の中で二人の未来が鮮やかに動き出す。

やっとはじまる。これから夫婦になっていくのだ。

リリスが手を伸ばすと、アモンはその手を摑んで抱き上げる。そのままリリスを自分の膝にのせ、激しく腰を突き上げてきた。

「ああっ、ああっ、アモンさま、アモンさま……っ」

「リリス……っ」

「あぁ…ぁあ……っ！」

彼が好きだ。きっと、もっと好きになる。

手を取り合って、どこまでも二人で羽ばたいていく。

そんな夢を描きながら、リリスは深い快感に唇を震わせる。あと少しと思っても、とうに限界を迎えていた身体は勝手に絶頂へ向かおうとしていた。

「あ、あ…、あぁぁ……、私…、もう……っ」

「もう我慢…できないか？」

「あぁ…、もう…我慢できな……。ひ……ぁ、ああっ」

「なら、このまま一緒にいこう……」

「ああっ、アモンさま…ッ、あぁっ、ああぁああ……っ！」

リリスはアモンにしがみつき、下からの突き上げに身悶えした。

膝を抱えられて全身を揺さぶられ、狂おしい快感に目の前が白んでいく。

はじめて彼に抱かれたときのことを思い出して、また涙が溢れ出す。

強引な初夜だったのに、リリスは彼との行為が嫌ではなかった。

触れられるのもキスをするのも、なぜか平気だった。

——だけど、アモンさまのことはよくわからないままだった……。

こんな日が来るとは夢にも思わなかった。

アモンと想いを通わせて幸せに思うなんてあのときは想像もできなかった。

「あぁああっ、ああっ！」

リリスは彼の首筋に顔を埋め、びくびくと身体を震わせる。

この一瞬を少しでも長く引き延ばそうとしても、止めどない快感に抗うことなどできやしない。

内壁が激しく痙攣し、リリスは我を忘れて腰を揺らす。

迫りくる快楽の波に流され、逞しい腕の中で彼と共にかつてないほどの高みまで上り詰めていった。

「あっ、あああっ、ああぁああ——…ッ！」

「——…っ」

部屋に響く悲鳴に似た嬌声と、苦しげな低い呻き声。

ほんの一拍置いて最奥に放たれた熱いものが全身を巡って、胸の奥深くまで染み込んでいく。

強く抱きしめ合い、身を震わせて快楽を与え合う。

何もかもが、はじめてのときとは比べものにならないほど幸せな行為だった。

「……っは…、ぁ……、あ……」

リリスは甘い吐息を漏らしてアモンの頬に唇を寄せた。

彼は固く目を閉じて絶頂の余韻に浸《ひた》っていたが、眉をひくつかせるとリリスの唇を貪りはじめる。互いに息が整っておらず、時折びくびくと痙攣を繰り返していたけれど、そうするのが当然のように唇を重ねていた。

「……リリス……」

「アモン…さま……」

やがて、二人は唇を離して間近で見つめ合う。

アモンは汗で頬に張り付いたリリスの金色の髪を指で梳き、細い身体をやんわり抱きしめる。そのままベッドを背にしてゆっくり倒れ込むと、リリスを自分の上にのせた状態で大きく息をついた。

「久しぶりで辛くはなかったか……？　もっと時間をかけて進めたかったが、途中から我慢が利かなくなってしまった」

「……大丈夫…です。少し休まないと動けそうにないですけれど」

「なら、このまま休むといい。今夜はもう何もしないから……」

「……はい」

「リリス、今度から不満があれば溜め込まずに言ってくれ。おまえに我慢などさせたくないからな」

「そんな、不満なんて……」

「ほかのことでもなんでもだ」

リリスは彼の上でぐったりしながら緩やかになっていく心音に耳を傾けていた。

けれど、今までにない気遣いに若干の戸惑いを感じてしまう。アモンの顔を見上げると、彼は苦笑気味に肩を竦めてみせた。

「リリス、おまえに我慢させると爆発したときが怖い。さすがの俺でもなかなか立ち直れそうにないからな」

「わ、私……っ」

「別れを告げられるのではと毎日怯えて過ごすのもこりごりだ」

そう言って、彼はリリスを宥めるように背中をぽんぽんと撫でる。

どうやら、出会ってからの八年間の不満を一気にぶつけられたことが、アモンにはよほど堪えたようだ。

しかし、アモンにも配慮が足りない部分があったとはいえ、リリスだって彼のことを穿った目でしか見てこなかったのだ。反省しなければならないのは自分も同じなのだから、彼だけに負担を強いるのは抵抗を感じてしまう。

答えに詰まっていると、アモンはくすりと笑ってリリスを抱きしめた。

「そう深く考えるな。これからは小出しで頼むと言ってるだけだ」

「……なら、アモンさまも……」

「俺も？」

「えぇ、アモンさまもです。不満があれば、我慢せずおっしゃってください。お互い溜め込むのはよくないですから……」

「はは…っ、俺もか」

「えぇ、夫婦ですもの」

「……っ!?　そ、そ、そう…、そうだな！」

リリスの言葉に、アモンは激しく動揺している。

必要以上に大きな声で頷いていたが、ぱっと背けた横顔がみるみる赤くなっていく。

あっという間に耳まで真っ赤になっていた。

リリスは思わずその顔をじっと見つめてしまう。

今の感じからするに、『夫婦』という一言に反応しているようだ。

——かわいい人……。

二歳上の男の人にこんなことを思うなんて変だろうか。

さすがに本人には言えないけれど、胸の奥がくすぐられるようで自然と口元が緩んでいく。

アモンは顔を赤くしながら、リリスを抱きしめる腕に力を込めた。

自然とその胸に顔を埋める形になったが、緩んだ口元がなかなか戻らない。

とくん、とくん、とくん……。

けれど、ゆったりした心音を聞いているうちに瞼が重くなってくる。

いつしか頭の上から穏やかな呼吸音が聞こえてきて、リリスはアモンに身を預けて静かに目を閉じた。

部屋には規則正しい寝息が聞こえるだけとなり、これ以上ないほど満ち足りた想いに包まれて眠りに落ちていった――。

終章

——一か月後。

広大な庭の青々とした木々が、夏のはじまりを報せていた。

空を見上げれば、雲一つない鮮やかな青がどこまでも続いている。

爽やかな風が吹き抜けると、枝葉が揺れる音が微かに響いて心地いい。

その日のリリスは、午後になると噴水の前に佇んで、ようやく馴染みはじめた光景にぼんやりと目を細めていた。

「おや、リリスさま。そんなところでどうされたのですか？」

「……え？　あ、ミュラーさん」

後方から声をかけられて振り返ると、そこにはミュラーがいた。

彼は周囲を見回しながら、リリスの傍までやってくる。

一人でいるのを心配して来てくれたのだろう。

さり気ない優しさが嬉しくなると同時に、なんだか申し訳なくなってリリスは眉を下げて微笑み返す。こんなふうにリリスが一人でいると声をかけてくるのは、ほかの使用人も同じだった。

――アモンさまと離婚する噂まで流れていたんだものね……。

皆にとっては、アモンは憧れの存在なのだ。

彼が公爵の地位に就いてからこの土地が活気づいたというのが一番の理由のようだが、国王の弟という地位に驕《おご》ることなく、公爵としての責務をまっとうする姿に尊敬の念を抱く者も多い。

そんな彼が、多くの人が見ている中でリリスとあれだけの言い合いをしてしまった。

リリスにとって望まぬ結婚だったということも知れ渡り、いつも堂々としていたアモンが落ち込む様子に皆が動揺し、一時は『お二人はもうだめなのではないか？』『リリスさまに別れを切り出されたのだろう』などと囁かれていたという。

しかし、そんな噂も、ある日を境にぴたりと静まった。

何日も口を利くことも目を合わせることもなかったアモンとリリスが、エメルダが突然訪れた日の翌朝にはすっかり仲直りした様子で寝室から出てきて、その日からまた以前のように常に二人で一緒に過ごすようになったからだ。

それから間もなくバルドは王宮へ戻り、エメルダとニックも数日ほどゆっくり過ごして自分たちの屋敷へと帰っていった。

エメルダが訪れたのが絶妙なタイミングだったからか、皆の間では、アモンとリリスを仲直りさせるために来たのではないかと噂になっていたらしい。パトリックが『人攫い』として捕まったときはさすがに多くの者が動揺していたが、バルドが皆をうまく誘導してくれたお陰で大きな混乱が起こることもなかった。

今は屋敷中がもとのような落ち着きを取り戻している。

リリスがアモンに酷い言葉を投げつけるところを見ていたのに、皆の態度は何一つ変わらない。おおらかで心根の優しい人々の姿は、この美しい公爵領を統治する彼を映す鏡なのかもしれなかった。

「もしやリリスさまは、この噴水が気に入られたのでしょうか？　水の流れる音は心を穏やかにしてくれますからね」

「えぇ…、そうですね。ここから眺める庭の風景も大好きです」

「それは何よりです。……ところで、ここでの生活にも少しは慣れましたか？　最近は笑顔を見せられることが増えたようですが……」

「多少慣れてきた気がします。広すぎて迷ってしまうときもありますけど、皆さんが優しく案内してくれますから」

「そうですか」

　ミュラーは口元を綻ばせて、嬉しそうに頷く。

　言葉の端々に気遣いが感じられたが、しばらくは仕方ないのかもしれない。

　これからは、皆に安心してもらえるようにアモンと二人で努力していくしかないのだろう。

　――こんなに平穏な気持ちは、何年ぶりかしら……。

　柔らかな風を感じながら、リリスは広大な庭に目を細めた。

　あれほど頭を悩まされてきたパトリックとも、もう会うことはないのだ。それだけで目の前が明るくなって、重石《おもし》が取れたように気持ちが軽くなった。

　現在、パトリックは都から少し離れた場所に収監されている。

　リリスを襲って連れ去ろうとしたことと、ニックの誘拐についても罪に問われているところだ。

　ただし、ニックの誘拐については減刑される見込みだという。

　公には『血の繋がりのない男による誘拐』ということになっているが、実際にはニックと血の繋がった親子なのだ。下手に騒がれて問題を大きくされても面倒だというのもあったようだが、エメルダもニックの誘拐を罪に問うのはさすがに気が引けるらしく、これが最後の温情ということになるのだろう。

もちろん、あの男のことだ。

出所後にまたエメルダのところに戻ってくる可能性はある。

それだけに留まらず、リリスのもとに現れないとも限らない。

そのため、パトリックは出所してもしばらくは監視の者がつき、ハワード家の屋敷も厳重な警護がつくこととなる。細かな内容はリリスも知らされていないが、これにはアモンが協力してくれるという。あらゆる想定をしたうえで、あの男にはそれが一番だという結論に至ったようだった。

——残る問題は、ニックのことだけど……。

ニックの今後については、まだはっきりしていない。

エメルダは今でも侯爵家をニックに継がせたいと思っている。

周りを認めさせるには時間がかかるだろうが、このことについても、今はまったく先が見通せないわけではなかった。

『ニックがこれから本気で努力してハワード家を継ぎたいと思っているなら、俺が後ろ盾になってやってもいい』

ほんの数日前、アモンが執務を終えたときにそう言ってくれたのだ。

これほど心強い味方がほかにいるだろうか。これから先はニック自身にかかっているが、弟の将来に希望を与えてくれただけでもアモンには感謝しかなかった。

「ミュラーさん、ありがとうございます」

「……なんの話でしょう？」

リリスが笑顔を向けると、ミュラーは不思議そうに首を傾げる。

脈絡もなく感謝されては誰でもそんな反応になるだろう。リリスはそんな自分に苦笑して言葉を加えた。

「アモンさまについて、私が思い違いをしていると気づかせてくれたことです。あのときのミュラーさんの言葉がなければ今の私はありませんでした」

「あぁ…、あのときの話でしたか」

「はい、どうしてもこれだけは伝えなくてはと……」

「そうですか。ではちゃんと仲直りできたのですね。それはよかったです」

「本当にありがとうございます。皆さんにも、たくさん心配をかけてしまったようですし……」

「いえいえ、アモンさまの元気な様子を見て、皆もお二人が仲直りしたことはそれとなく気づいていましたから……。いろいろと問題が解決して、リリスさまもさぞ安心されたことでしょう」

「えぇ、陛下にもアモンさまにも感謝してもしきれません」

おそらく、ミュラーの言う『問題』には、パトリックのことやニックのことも含まれているのだろう。彼は家令としてアモンの傍にいるが、同時に彼の片腕でもある。今後のことも含めた話をミュラーが聞かされていないわけがなかった。

「……大丈夫ですよ。これからはアモンさまにすべてお任せすればなんの問題もありません。皆、お二人の味方です。今後は、おかしなことをする者も現れないでしょう。我々も、アモンさまのお望みのままに動く所存です」

「ありがとうございます……」

ミュラーはとても穏やかな笑みを浮かべていた。

――アモンさまのお望みのままに動く……？

頭の隅に微かな疑問が浮かんだが、今のはアモンに対する強い忠誠心によるものだろうとリリスもすぐに笑顔を返した。

「――リリス！」

「……っ」

と、そのとき、辺りに自分の名を呼ぶ声が響いた。

声のほうを振り向くと、アモンが馬に乗って駆けてくる。

彼は得意げな様子で手綱を引き、リリスに手を振っていた。

アモンは執務終わりに『今日は俺の乗馬姿を見せてやろう』と息巻き、リリスを噴水前に待たせて一人厩舎に向かったのだ。

久しぶりだからか、いつも以上に張り切っている。得意な乗馬の姿を自分に見てほしいというのが伝わってきて、そんな彼に自然と笑みが零れた。

今回の一件で、リリスは本当に多くのことを学んだ。

人との関わり方をはじめ、思い込みは視野を狭めるということ、考え方の違う相手でも、ちゃんと認め合えるということ……。

自分の意見を言っても、まっすぐ受け止めてくれる存在がいるのは何よりも幸せなことだった。

「リリス、待たせたな」

「いいえ、ミュラーさんとお話ししていたので」

「む、ミュラーも一緒か。何を話してたんだ？」

「世間話ですよ。リリスさまは、ここから眺める景色がお好きだそうです」

「そ、そうか…。なら、リリス、明日はこの辺りを二人で散歩しよう」

「はい、楽しみにしていますね」

「……では、今日は……、一緒に馬に乗るか？」

「私も…？　いいのですか？」

「あぁ、実はそのつもりだったのだ」

そう言うと、アモンは馬から素早く降りる。

僅かに頬を赤くして、リリスに馬に乗るよう照れくさそうに促した。

思いがけない誘いにリリスは満面の笑みで頷き、彼の助けで馬に乗る。

アモンも後ろからリリスを抱きかかえるようにして乗ると、ミュラーに軽く手を振ってからその場を離れた。

「ではな、ミュラー」

「はい、仲のよろしいことで」

ミュラーはにこにこと目を細めて笑っていた。

遠ざかる自分たちを、しばらくそこで眺めていたようだった。

けれど、風を切る爽快さにリリスも段々と夢中になって、二人きりの時間を楽しむうちにすぐにほかのことは目に入らなくなった。

アモンと見る景色は、一人のときよりずっと鮮やかだ。

リリスは晴れ晴れとした気持ちで前を向く。

しばしの間、公爵家の広大な庭には軽やかな蹄の音が響き渡っていた――。

あとがき

最後まで御覧いただき、ありがとうございました。作者の桜井《さくらい》さくやと申します。

今回のお話はタイトルの一部にあるように『ナナメな求愛』ということで、絶妙に噛み合わない二人の様子を中心に書かせていただきました。アモンのようなキャラを書くのははじめてだったので頭を悩ませることもありましたが、自分でも驚くほど楽しんで進められました。リリスとアモンは今後も絶妙に噛み合わないやり取りを繰り広げていくのだろうと思うと、今はただ微笑ましい気持ちでいっぱいです。

イラストにつきましては、氷堂《ひどう》れん先生に担当していただきました。

お話の雰囲気にぴったり合わせていただき、アモンもリリスも本当にかわいくて、拝見するたびに頬が緩んでなりませんでした。この場をお借りして御礼申し上げます。ありがとうございました。

最後になりますが、この本を手にとってくださった方々、本作に関わっていただいたすべての方々にも御礼を申し上げて締めくくりとさせていただきます。

ここまでおつきあいいただき、本当にありがとうございました。

皆さまと、またどこかでお会いできれば幸いです。

桜井さくや

この本を読んでのご意見・ご感想をお待ちしております。

◆ あて先 ◆

〒101-0051
東京都千代田区神田神保町2-4-7 久月神田ビル
㈱イースト・プレス　ソーニャ文庫編集部
桜井さくや先生／氷堂れん先生

王弟殿下《おうていでんか》のナナメな求愛《きゅうあい》

2022年3月6日　第1刷発行

著　　者　桜井《さくらい》さくや
イラスト　氷堂《ひどう》れん
装　　丁　imagejack.inc
発 行 人　永田和泉
発 行 所　株式会社イースト・プレス
〒101－0051
東京都千代田区神田神保町2－4－7 久月神田ビル
TEL 03－5213－4700　FAX 03－5213－4701
印 刷 所　中央精版印刷株式会社

ISBN 978-4-7816-9717-8
定価はカバーに表示してあります。